WOHLIG WARME GESCHICHTEN

DIE LITERARISCHE WÄRMFLASCHE

Herausgegeben von
Aleksia Sidney

K
A
M
P
A

Für den Blick hinter die Verlagskulissen:
www.kampaverlag.ch/newsletter

KAMPA POCKET
DIE ERSTE KLIMANEUTRALE TASCHENBUCHREIHE
Gedruckt auf säurefreiem und chlorfrei gebleichtem
Papier aus verantwortungsvollen Quellen, zertifiziert
durch das Forest Stewardship Council. Der Umschlag
enthält kein Plastik. Kampa Pockets werden klima-
neutral gedruckt, kampaverlag.ch/nachhaltig informiert
über das unterstützte CO_2-Kompensationsprojekt.

Der Kampa Verlag wird in der Schweiz vom Bundesamt für Kultur
mit einem Strukturbeitrag für die Jahre 2021–2024 unterstützt.

Veröffentlicht im Januar 2023 als Kampa Pocket
Copyright © 2023 by Kampa Verlag AG, Zürich
Covergestaltung: Lara Flues, Kampa Verlag
Covermotiv: © Chiara Ghigliazza
Satz: Lara Flues, Kampa Verlag
Gesetzt aus der Stempel Garamond LT / 230135
Druck und Bindung: GGP Media GmbH, Pößneck
ISBN 978 3 311 15067 1

www.kampaverlag.ch

Inhalt

Isabel Allende

Die Liebenden im Guggenheimmuseum

E in Nachtwächter fand die Liebenden in einem der Säle des Guggenheimmuseums von Bilbao, wo sie als ein Knäuel aus Armen und Haaren in der Gischt eines ramponierten Brautkleids schliefen. Das war um fünf Uhr morgens, wie zunächst der Nachtwächter und dann auch die Polizisten zu Protokoll gaben. Inspektor Aitor Larramendi schrieb in seinem Bericht außerdem, im ganzen Gebäude hätten sich unverkennbare Anzeichen für eine Orgie gefunden. Zwar hatte er selbst nie an einer teilgenommen – was er im Stillen bedauerte –, seine Erfahrung mit allen erdenklichen Arten menschlicher Ausschweifung befähigte ihn jedoch, die Spuren zweifelsfrei zu deuten. Wie es diesem unverfrorenen Paar gelungen war, in das Museum einzudringen und dort unentdeckt zu bleiben, konnte nie aufgeklärt werden; die beiden Festgenommenen versicherten, die Nacht im Gebäude verbracht zu haben, die in ihrer Berufsehre gekränkten Museumswärter schwören aber bis heute, das sei ausgeschlossen, da sie wie jede Nacht unermüdlich ihre Runden gedreht hätten. Außerdem, so erklärten sie, erforschen die Videokameras noch den verborgensten Hintergedanken, und die Infrarotmelder lösen bei der geringsten Störung Alarm aus. Das Museum verfügt über magische Augen, und wenn die nur mit der Wimper zucken, bricht ein Weltuntergangsgetöse los, das die Polizei, die Feuerwehr und den Museumsdirektor auf den Plan ruft, einen nervös veranlagten Mann, der ganz gebeugt ist vom Gewicht der Verantwortung. Die Sicherheitsexperten versichern, dass keine Kakerlake im Guggenheimmuseum unbemerkt bleibt, zwei hemmungslos Verrückte wie diese beiden also erst recht nicht.

»Ich habe die ganze Nacht keine Menschenseele gesehen«, sagte das Mädchen, als sie elf Stunden später im Krankenhaus wieder zur Besinnung kam.

Die Sanitäter hatten sie auf einer Bahre aus dem Gebäude getragen, aber obwohl man sie zugedeckt hatte wie eine Leiche, waren ihre Umrisse unter dem Laken für alle zu erkennen gewesen. Die Schleppe ihres Brautkleides und ihr dunkles Sirenenhaar schleiften über den Boden. In Handschellen wurde unterdessen der nackte junge Mann von zwei Uniformierten zu einem Streifenwagen bugsiert. Die Umstehenden blickten ihm bewegt und neidisch hinterher.

»Von Museumswärtern keine Spur, ehrlich. Die Typen müssen Karten gespielt oder ferngesehen haben. Die halbe Welt hat doch letzte Nacht vor der Kiste gesessen wegen dem Papstskandal, davon haben Sie bestimmt gehört, oder? Wir haben einander wie die Kaninchen durch das ganze Gebäude gejagt, ich, wie Gott mich geschaffen hat, und sie die ganze Zeit im Brautkleid, weil ich diese verflixten Flohknöpfchen nicht aufbekommen habe«, sagte der junge Mann auf der Polizeiwache aus.

Inspektor Larramendi wanderte von Stockwerk zu Stockwerk und sammelte die welken Blumen des Brautstraußes ein. Die Rosen, die in ihrem jungfräulichen Zustand einmal weiß gewesen waren, ruhten als angegilbte Weichtiere auf dem Marmorfußboden und schwängerten die Luft des Guggenheimmuseums mit einem deplatzierten Geruch, als wäre hier soeben ein Straßenmädchen zu Grabe getragen worden. Das Brautkleid mit seinen zwölf Metern durchscheinendem Seidentüll, das neu eine zwischen Nähten eingepferchte Wolke gewesen sein musste, war durch die unverwechselbaren Spuren der Liebe zu einem Fetzen Stoff entweiht. Der Rock und der dreilagige Unterrock hatten als Kopfkissen gedient, und die Königinnenschleppe hatte sechsundsechzig Prozent der Marmorfußböden gefegt, wie der Inspektor durch gewissenhafte Inaugenscheinnahme feststellte. Larramendi, der den treffenden Spitznamen ›Bulldogge von Bilbao‹ trägt, ist ein respekteinflößender Mann, ganze einsfünfundfünfzig hoch, dazu der eidechsenähnliche Körperbau und der riesenhafte Walrossschnäuzer, der wie ein Friseurscherz in seinem Gesicht prangt. Ebendieser Beamte war es auch, der Streifen von Organza fand, gekräuselte Haare und Reste verschiedener Körperflüssigkeiten. Sein Spürhundinstinkt erlaubte es ihm überdies, in der unbewegten Luft des Museums die Erinnerungen an die Zärtlichkeiten, die Erregung und die von den Verdächtigen verhauchten Liebesworte wahrzunehmen, und zwar vom Eingang bis in den allerletzten Saal auf der rechten Seite, aber trotz seiner legendären Fähigkeit, Spuren für ein Verbrechen auch da zu entdecken, wo es sie nicht gibt, fand er nicht eine einzige leere Flasche, keinen achtlos weggeworfenen Korken, keinen ausgedrückten Joint, keine Heroinspritze. Folglich konnte Larramendi nicht beweisen, dass die Festgenommenen die Hausordnung in dieser Hinsicht verletzt hatten. Das Mädchen mit dem Brautkleid muss sich betrunken haben, ehe die beiden ins Gebäude eingedrungen sind, schloss der Inspektor messerscharf. Was ihren Begleiter angeht, fanden sich bei der Untersuchung seines Urins lediglich minimale Spuren von Marihuana. Da sich die Hausordnung des Museums über jegliche Form der Unzucht ausschweigt, konnten die beiden juristisch nur dafür belangt werden, dass sie sich nach Schließung noch in dem Gebäude aufgehalten hatten, ein Bagatelldelikt, wenn man bedenkt, dass sie, von der leichten Verunreinigung auf den verschiedenen Stockwerken einmal abgesehen, keinerlei Schaden angerichtet hatten; ganz im Gegenteil strahlten nach Aussage der Angestellten am Tag darauf alle Säle wie von Sonnenlicht durchflutet, obwohl es draußen weiter unablässig regnete. Es hatte die ganze Woche geregnet.

»Deshalb sind wir ja hineingegangen, weil es geregnet hat«, sagte das Mädchen. »Wenn mein Haar feucht wird, kringelt es sich immer so.«

»Warum hattest du das Brautkleid an?«, wollte Aitor Larramendi wissen.

»Weil ich keine Zeit zum Umziehen hatte.«

»Wo war die Hochzeit?«

»Welche Hochzeit?«

»Die Hochzeit von dir und Pedro Berastegui, Himmel noch mal.«

»Wer ist das denn?«

»Ja, wer wohl!? Dein Ehemann oder Verlobter, ebendieser Typ, der mit dir im Museum war.«

»Pedro heißt er? Hübscher Name. Und so männlich … finden Sie nicht, Herr Inspektor?«

»Also noch einmal von vorne. Wo und wann habt ihr euch kennengelernt?«

»Das weiß ich nicht mehr. Ich vertrage überhaupt nichts, zwei Gläser, und ich bin ganz beduselt.«

»Offensichtlich. Du warst im Vollrausch.«

»Im Liebesrausch …«

»Liebesrausch nennst du das, aber mit wem du es im Museum getrieben hast, weißt du nicht.«

»Keinen Schimmer.«

»Wie seid ihr dort hineingekommen?«

»Durch die Tür natürlich.«

»Das heißt, ihr seid noch während der Öffnungszeiten hineingegangen?«

»Nein, ich glaube, es war schon geschlossen …«

Auch Pedro Berastegui, der glückliche junge Mann, der in der Zeit nur noch ›der Zauberer der Liebe‹ hieß, versicherte in seiner Aussage, das Museum habe geschlossen ausgesehen, sie hätten aber einfach hineingehen können, weil die Tür aufgesprungen sei, als sie dagegen drückten. Innen habe ein sanftes Dämmerlicht geherrscht, und die Heizung musste eingeschaltet gewesen sein, denn sie hätten nicht einen Moment gefroren.

»Wegen der Kunstwerke müssen wir Temperatur und Luftfeuchtigkeit konstant halten«, erklärte der am Boden zerstörte Museumsdirektor dem Inspektor und auch, dass die beiden Beschuldigten niemals wie behauptet in das Gebäude hätten gelangen können, da die Türen pünktlich um Viertel nach fünf zufallen und das Museum durch ein elektronisches System zur uneinnehmbaren Festung wird.

»Wir konnten einfach hineingehen«, wiederholte Pedro nun schon zum hundertsten Mal.

»Und dann?«, fragte Larramendi.

»Sind Sie auf Einzelheiten scharf, Herr Inspektor? Geliebt haben wir uns, und zwar die ganze Nacht, das war dann.«

»Wo und wann hast du Elena Etxebarría kennengelernt?«

»Elena?! So heißt sie also ... wie die schöne Helena.«

Aitor Larramendi musste zähneknirschend einsehen, dass sich die beiden Missetäter vor dem Vergehen nicht gekannt hatten und man ihnen weder Vorsatz noch Heimtücke unterstellen konnte.

An jenem denkwürdigen Samstag war Elena Etxebarría drauf und dran gewesen zu tun, was seit Sandkastentagen ausgemachte Sache schien, nämlich diesen guten Jungen zu heiraten, der jetzt in der kleinen Bäckerei seines Vaters arbeitete und es seinerzeit sogar zum Torwart in der Schulmannschaft des Colegio San Ignacio de Loyola gebracht hatte. Durch geschicktes Befragen des Jesuitenpaters, der die Trauung hatte vornehmen sollen, sowie weiterer Augenzeugen, fand der Inspektor jedoch heraus, dass sich Elena Etxebarría und der Fußballer das Jawort niemals gaben. Man erzählte ihm, die Braut sei, nur mühsam vom starken Arm ihres älteren Bruders auf den Beinen gehalten, mit einer Stunde Verspätung in die Kirche gestolpert und habe dabei geschluchzt wie eine Witwe. Wegen ihres Weinens habe man den Hochzeitsmarsch der Orgel kaum hören können. Ein weiteres Indiz sprach für den gestörten Gemütszustand der Braut, denn vor dem Altar zog sie die Schuhe aus und kickte sie mit zwei Fußtritten von sich, und als hätte es noch eines letzten Beweises dafür bedurft, dass sie nicht bei Trost war, drehte sie sich um und stürzte unter den verdatterten Blicken des Fußballers, des Priesters und des Rests der Hochzeitsgesellschaft aus der Kirche. Die Zurückgelassenen hörten erst am nächsten Tag wieder etwas von ihr, als ihr Foto unter der Schlagzeile *Mysteriöses Liebespaar im Guggenheimmuseum* im *Correo Español* erschien.

»Du hast meine Frage nicht beantwortet: Wo habt ihr euch kennengelernt?« Der Inspektor blieb beharrlich.

»An der Theke von Iñigos Bar. Sie ist mir sofort aufgefallen«, gab Pedro Berastegui zu Protokoll.

»Warum?«

»Warum was?«

»Warum sie dir gleich aufgefallen ist natürlich.«

»Na ja, man sieht doch nicht alle Tage verheulte Frauen in Brautkleidern, die sich wie die Kosaken in einer Bar volllaufen lassen.«

»Und was hast du gemacht?«

»Ich habe sie angesprochen.«

»Und weiter?«

»Sie hat mich angesehen, da war ich schlagartig in sie verliebt. Ehrlich, das können Sie mir glauben. Ihre Schminke war völlig zerlaufen, sie hat ausgesehen wie ein Clown, aber dieser Blick aus den grünen Katzenaugen, der ist mir durch und durch gegangen. Ich kann Ihnen sagen, Herr Inspektor, so etwas ist mir noch nie passiert. Es war wie ein wahnsinniger Stromschlag, als hätte ich in die Steckdose gegriffen.«

»Und sie?«

»Sie hat ihren Kopf an meine Brust gelehnt und weitergeflennt wie ein kleines Kind. Ich wusste nicht, was ich machen soll. Nach einer Weile bin ich mit ihr zum Klo gegangen und habe ihr das Gesicht abgewischt. Ich habe sie gefragt, warum sie so weint, und sie hat gesagt, weil ihr Verlobter ein unverbesserlicher Schafskopf ist. Da habe ich ihr angeboten, sie dort auf der Stelle zu heiraten.«

»Klar, ihr wart betrunken.«

»Sie war ein bisschen beschwipst, aber ich trinke nicht. Bin sozusagen abstinent. Ich hatte was geraucht, aber Alkohol keinen Tropfen. In der Bar war ich bloß, weil Iñigo mir Geld schuldet; wir hatten gewettet wegen der Sache mit dem Heiligen Vater.«

»Und was hat sie geantwortet?«

»Sie hat gesagt, in Ordnung, sie würde mich heiraten, wo sie doch das Kleid schon hat. Dann hat sie mich voll auf den Mund geküsst.«

»Und du?«

»Ich habe zurückgeküsst. Was hätten Sie denn an meiner Stelle getan? Ein richtiger Verzweiflungskuss war das, wir konnten gar nicht mehr aufhören. Es war Liebe auf den ersten Blick, wie im Kino.«

»Und dann?«

»Dann ist diese Nervensäge von Iñigo dazwischengegangen und hat uns hinausgeworfen, er hat gesagt, wir sollten uns ein Motel suchen, das wäre ja nicht jugendfrei, was wir da machten. Alles nur, weil er mir die Wette nicht bezahlen wollte.«

»Und weiter?«

»Wir sind gegangen. Haben nicht gewusst, wohin, haben irgendeine Kneipe gesucht, weil wir uns gerne einmal hingesetzt hätten, und ein belegtes Brötchen wäre auch nicht verkehrt gewesen, aber wir haben nichts gefunden. Es hat die ganze Zeit genieselt, und wir hatten keinen Schirm; ich habe ihr meine Jacke umgelegt, aber das Kleid hat trotzdem ziemlich gelitten. Ich wollte sie mit zu mir nehmen, dann ist mir aber eingefallen, dass meine Mutter mit sämtlichen Onkeln und Tanten vor dem Fernseher sitzt, wegen dem Papstskandal, Sie haben doch davon gehört, oder?«

»Ja, Himmel noch mal, ich habe davon gehört.«

»Dann steht da plötzlich das Museum vor mir, wie aus dem Hut gezaubert. Eine Wucht!«

Und Pedro Berastegui verstummte, ganz versunken in die Erinnerung an seine rauschende Nacht.

»Weiter, verdammt!«, verlangte der Inspektor.

»Ich habe gedacht, wir können uns dort unterstellen, und wir sind über diesen langgestreckten Platz gerannt, dort vor dem Eingang, den kennen Sie doch, oder?«

»Und niemand hat euch aufgehalten? Wo waren die Museumswärter?«

»Da war niemand, wirklich überhaupt niemand, Herr Inspektor.«

»Und?«

»Das habe ich Ihnen doch schon erzählt, wir haben die Tür kaum angefasst, da ist sie schon aufgegangen, als wollte sie uns einladen. Sie hat mich wieder geküsst und gesagt, sie will wie eine richtige Braut über die Schwelle getragen werden. Ich hebe sie also hoch, verheddere mich aber in der Brautschleppe, und wir fallen beide halb tot vor Lachen hin. Als wir wieder aufstehen wollen, noch einmal das gleiche, deshalb sind wir dann auf allen vieren hineingekrochen, haben uns geküsst dabei und gelacht und uns überall gestreichelt. Jetzt weiß ich, was das heißt, dass einen die Liebe verrückt macht, Herr Inspektor. Ich habe noch nie …«

»Willst du mir weismachen, dass du sie nicht gefragt hast, wie sie heißt, und auch nicht, warum sie dieses Brautkleid trägt?«, unterbrach ihn der Inspektor, der nach dreiundzwanzig sterbenslangweiligen Ehejahren nicht sonderlich erpicht war, etwas über Freuden zu hören, die er womöglich nie am eigenen Leib erfahren würde.

»Ich habe nicht daran gedacht, ehrlich, Herr Inspektor. Außerdem bin ich kein Mann der vielen Worte, ich komme gleich zur Sache, Sie verstehen?«

Larramendi ist auch einer von denen, die lieber gleich zur Sache kommen, aber für das weitere Verhör von Elena Etxebarría hatte er sich vorgenommen, eine gewisse Subtilität walten zu lassen, denn er wollte die junge Frau nicht erschrecken.

»Bist du eine Nutte?«, fragte er sie.

Das Mädchen saß kerzengerade auf einem Krankenhausstuhl, trug einen schwachsinnigen Anstaltskittel, hatte ihr Haar zu einem langen Pferdeschwanz zusammengebunden und fing jetzt tief getroffen an zu weinen. Schniefend erklärte sie, sie sei bei den Nonnen zur Schule gegangen, habe sich ihre Jungfräulichkeit bis zu dieser Nacht im Museum bewahrt und denke nicht daran, sich von einem schnauzbärtigen und krummbeinigen Halbaffen ungestraft beleidigen zu lassen, was er sich einbilde, er werde schon sehen, was ihre drei Brüder machten, wenn sie davon Wind bekämen.

»Ist ja gut, mein Kind, beruhige dich. Das ist eine reine Routinefrage, nicht böse gemeint. Ich finde es nur ein bisschen sonderbar, dass Berastegui und du so mir nichts, dir nichts getan habt, was ihr getan habt, wo ihr doch nichts voneinander wusstet, nicht einmal den Namen, rein gar nichts …«

»Es war, als würden wir uns ewig kennen, Herr Inspektor, als wären wir uns in einem früheren Leben schon einmal begegnet. Glauben Sie an Wiedergeburt?«

»Nein. Ich bin Christ.«

»Ich ja auch, aber wenn Sie genauer darüber nachdenken, schließt das eine das andere doch nicht aus. Als die Schwelle des Museums hinter uns lag, war es mit einem Mal, als wären wir vor Gott und dem Standesamt vermählt«, sagte Elena feierlich und erklärte weiter, dass sie mit ihrem Freund, dem früheren, dem Fußballer, so etwas nie empfunden habe.

»Können Sie sich das vorstellen, Herr Inspektor? Das ist doch Schicksal. Einmal angenommen, ich wäre nicht aus der Kirche gerannt und nicht in diese Bar gegangen, dann hätte ich vielleicht nie erfahren, was wahre Liebe ist.«

»Das hat mit Liebe nichts zu tun, das ist Wollust, gepaart mit Delirium tremens, weiter nichts. Wie soll das denn gehen, die ganze Nacht in dem Museum herumspringen, ohne dass die Videokameras etwas aufzeichnen?«

»Vielleicht waren wir durchsichtig …«

»Jetzt werd bloß nicht witzig!«

»Aber, Herr Inspektor, wissen Sie denn nicht, dass das Guggenheimmuseum verzaubert ist?«

»Was redest du da? Es ist das modernste Museum der Welt!«, fiel ihr Inspektor Aitor Larramendi ins Wort, obwohl er genau wusste, worauf die junge Frau mit den grünen Augen anspielte.

Der Bau hatte kaum begonnen, da waren die Gerüchte schon ins Kraut geschossen: Es hieß, etwas von solcher Schönheit zu schaffen sei menschenunmöglich, und folglich müsse es einen Pakt mit dem Überirdischen geben.

»Das Gebäude strotzt nur so von Alarmanlagen. Ich begreife nicht, wieso keine einzige funktioniert hat.«

»Sind Sie denn sicher, dass wir im Museum waren?«

»Willst du mich auf den Arm nehmen?«

»Ich meine, mal im Ernst, Herr Inspektor. Wenn, wie Sie sagen, das Gebäude geschlossen war und wenn kein Alarm ausgelöst wurde, dann waren wir vielleicht überhaupt nicht dort. Ehrlich gesagt, wo wir uns geliebt haben, das hat auch nicht ausgesehen wie ein Museum, mir ist es eher vorgekommen wie ein Glaspalast, wie eine dieser Zitadellenstädte auf anderen Planeten, die man manchmal in Filmen sieht.«

»Wieso?« Auch diese Frage stellte Larramendi aus reiner Routine, denn im Grunde war er die ganze Angelegenheit mittlerweile leid.

»Vor den Fenstern sind Diamanten herabgefallen, wir haben melodisches Geplätscher gehört wie von einem Wasserfall ...«

»Regen, Kindchen, es hat geregnet.«

»Und es hat geduftet nach reifen Pflaumen.«

»Bestimmt nach den Rosen von deinem Brautstrauß.«

»Nein. Nach Pflaumen. Kennen Sie diesen Geruch von Pflaumen im Sommer, Herr Inspektor? Es ist ein so schwerer Duft, das Wasser läuft einem im Mund zusammen.«

»Also schön, es hat nach Pflaumen gerochen.«

»Sie behaupten, wir waren im Guggenheimmuseum, aber ich sage Ihnen, wir waren an einem phantastischen Ort, da waren keine Wände, nur weite Räume aus Licht.«

»Die Mauern sind aus Beton, Elena.«

»Glauben Sie mir, es waren erdachte Säle, ganz zart, wie hingetupft. Wir haben nicht nur Wasser plätschern gehört, ich bin mir sicher, die Luft hat gebebt, da war so ein Murmeln wie dieser Strom von Wörtern, die man ohne nachzudenken sagt, während man sich liebt. Sie wissen doch, was ich meine, oder?«

»Nein.«

»Schade. Jedenfalls sind wir dann geflogen.«

»Wie, geflogen?«

»Waren Sie denn nie verliebt, Herr Inspektor?«

»Ich stelle hier die Fragen, ist das klar?«

»Wir sind Hand in Hand geflogen, eine leichte Brise hat uns getragen, hat die Schleier an meinem Kleid gebauscht.«

»In dem Gebäude gibt es keine Brise. Wahrscheinlich war es die Heizung.«

»Sicher, Herr Inspektor. Pedro, er heißt doch so, oder? Also Pedro hat die Hose ausgezogen, das Hemd, die Unterhose, und auch seine Kleider sind herumgeflogen wie Luftballons.«

»Unzucht an einem Ort mit Publikumsverkehr«, fasste der Inspektor mit Nachdruck zusammen.

»Da war kein Publikumsverkehr. Pedro wollte mir das Kleid ausziehen, hat es aber nicht aufbekommen. Diese Knöpfe sind eine Zumutung, wissen Sie.«

»Du willst mir also erzählen, dass ihr weiter dort herumgeschwirrt seid wie die Fliegen?«

»Genau so. Wir waren in allen Sälen, haben alle Bilder besucht und die Farben getrunken und im Labyrinth gespielt und mit den Skulpturen getanzt, und danach sind wir gelandet.«

»Wo genau?«, fragte Aitor Larramendi.

»Woher soll ich das wissen?«

Die Bulldogge von Bilbao schnaufte: Dieses Mädchen hatte weniger Hirn als ein Brathuhn. Er kehrte auf die Wache zurück, wo Pedro Berastegui, noch immer in Handschellen, Kaffee trank und sich mit zwei Beamten über den Papstskandal unterhielt. Larramendi war kein Anhänger der Verbrüderung mit den Inhaftierten, denn das untergrub die Autorität und war gegen die Vorschriften. Nachdem er dem jungen Mann den Pappbecher aus der Hand gerissen hatte, führte er ihn am Schlafittchen in das grüngestrichene Verhörzimmer.

»Du hast sie also nicht gefragt, wie sie heißt«, setzte er das Verhör fort, wo er es Stunden zuvor unterbrochen hatte.

»Wir hatten keine Zeit für lange Gespräche, wir waren ziemlich beschäftigt.«

»Es miteinander zu machen wie die Hunde«, fiel ihm der Inspektor ins Wort.

»Wie die Engel, würde ich sagen.«

»Wie zwei Übergeschnappte, noch dazu splitterfasernackt.«

»Ich schon, das gebe ich zu, aber sie hatte das Kleid an, und außerdem war ihr Haar offen und hat sie ganz eingehüllt. Haben Sie gesehen, was für schönes Haar sie hat? Reinste Seide, wie Puppenhaar.«

»Spar dir die blumigen Vergleiche, Berastegui. Wie hast du die Alarmanlage ausgeschaltet und die Videoüberwachung?«

»Ich habe nichts angerührt. In diesem Museum gehen seltsame Dinge vor. Mein Onkel, der mit dem steifen Bein, ein Bruder meiner Mutter, der musste einmal Karfreitagabend hin, um den Fahrstuhl zu reparieren, und er sagt, er hat mit eigenen Augen gesehen, wie sich eine der Skulpturen bewegt hat.«

»Welche?«

»Eine von diesen gekrümmten mit Darmverschlingung.«

»Und dein Onkel, wie heißt der?«

»Legen Sie sich nicht mit meiner Familie an, Herr Inspektor«, sagte Pedro Berastegui entschlossen.

Der junge Mann bestätigte Elena Etxebarrías Aussage Punkt für Punkt. Obwohl Aitor Larramendi dafür berüchtigt war, durch seine Gerissenheit Verdächtige bei fatalen Widersprüchen zu ertappen, musste er schließlich einsehen, dass es keine Beweise gab, um die beiden für einige Monate hinter Gitter zu bringen, wie sie es zweifellos verdient hätten. Aber die Niederlage verdarb ihm nicht die Laune, ganz im Gegenteil, er konnte nur mit Mühe die Leichtigkeit seiner Schritte und den Anflug eines Lächelns unter Kontrolle halten, die mit aller Macht seine wahre Gemütslage offenbaren wollten. Zum ersten Mal schlug sein eingerostetes Polizistenherz höher, weil ein Delikt ungesühnt blieb. Letztlich, dachte er, war es doch auch nur ein Vergehen aus Liebe gewesen. Wie Pedro Berasteguis Onkel mit dem steifen Bein glaubten viele, dass die Skulpturen im Museum nachts Conga tanzten, die Gestalten ihre Gemälde verließen, um durch die Säle zu schlendern, und sich das Gebäude mit ausgelassenen Gespenstern füllte. Scharfsinnig mutmaßte der Inspektor unter anderem, die beiden Liebenden könnten genau in dem Moment ins Guggenheimmuseum hineingegangen sein, als das Gebäude in die Dimension der Träume hinüberglitt, und könnten so, ohne es zu wollen, in eine Zeit gestürzt sein, die von keiner Uhr angezeigt wird. Es würde schwierig sein, seinen Vorgesetzten diese Theorie begreiflich zu machen, dachte der Inspektor während er seine Zigarettenkippe austrat, aber mit ein bisschen Glück bräuchte er das gar nicht. Es war Wahlkampf, es gab Probleme mit den Terroristen und einen Streik im Gesundheitswesen, da konnte man seine Zeit nicht mit übersinnlichen Liebenden verplempern. Das Guggenheimmuseum war doch bloß ein Museum, und wen kümmert schon die Kunst? Wenn die beiden die Sicherheitssysteme der Bank von Bilbao ausgehebelt hätten, ja, das wäre etwas anderes gewesen.

Wenige Tage später klappte Aitor Larramendi die Fallakte zu und verstaute sie ganz unten in dem Schrank mit den auf unbestimmte Zeit verschobenen Angelegenheiten, wo sie in den bedächtig mahlenden Mühlen der Bürokratie schließlich zu Staub zerfallen würde. Die Presse, die noch immer mit dem Skandal im Vatikan beschäftigt war, hatte die mysteriösen Liebenden im Guggenheimmuseum bald vergessen. Nur der Museumsdirektor litt noch an den Folgen, konnte seine Furcht nicht loswerden, obwohl er die Wächter austauschte, ein neues Sicherheitssystem installieren ließ und eine berühmte holländische Parapsychologin damit beauftragte, dem Museum die Geister auszutreiben. Was die beiden Hauptpersonen jenes Aufruhrs der Liebe betrifft, bleibt lediglich zu sagen, dass Elena Etxebarría, als sie das Brautkleid aus der Reinigung holte, von Pedro Berastegui an der Straßenecke mit einem frischen Strauß Rosen erwartet wurde.

Anna Gavalda

Ambre

Ich habe in meinem Leben zig Mädchen ver-
nascht, bei den meisten kann ich mich nicht mal
mehr an das Gesicht erinnern.

Ich erzähle das nicht, um Eindruck zu schinden.
In meiner jetzigen Situation, bei all der Knete, die
ich verdiene, und all diesen Arschkriechern unter
mir, kannst du mir glauben, dass ich es nicht nötig
habe, irgendwas daherzureden.

Ich erzähle es, weil es stimmt. Ich bin achtunddreißig und habe fast alles in meinem Leben vergessen. Das gilt für die Mädchen, und das gilt auch
für alles andere.

Es kommt manchmal vor, dass mir eine alte Zeit-
schrift in die Hände fällt, so eine, mit der man sich
eigentlich nur noch den Arsch abwischen kann,
und ich sehe mich auf einem Foto mit irgendeiner
Puppe am Arm.

Ich lese die Bildunterschrift und stelle fest, dass
das betreffende Mädchen Laetitia heißt oder Sonia
oder wie auch immer, ich sehe mir das Foto noch

einmal an, wie um mir zu sagen: »Ach ja, natürlich, Sonia, die kleine Brünette aus der Villa Barclay mit ihren Piercings und ihrem Vanilleduft …«

Aber, das ist es nicht, was mir in den Sinn kommt.

Im Geiste wiederhole ich »Sonia«, wie ein Bekloppter, und lege das Heft zur Seite, um mir eine Kippe zu holen.

Ich bin achtunddreißig und weiß genau, dass mein Leben im Arsch ist. Hier oben löst sich langsam alles auf. Man braucht nur mal mit dem Fingernagel zu kratzen, und ganze Wochen landen im Müll. Um dir zu erzählen, wie es ist: Vor Kurzem habe ich das Wort Golfkrieg gehört, ich drehe mich um und frage:

Golfkrieg, wann war'n der?

1991, bekomme ich zur Antwort, als bräuchte ich ein Lexikon für die genauen Angaben. Aber die Wahrheit ist, verdammte Kacke, ich hatte noch nie davon gehört.

Im Müll gelandet, der Golfkrieg.

Nichts gesehen. Nichts gehört. Ein ganzes Jahr, mit dem ich nichts anfangen kann.

1991 war ich nicht da.

1991 war ich bestimmt damit beschäftigt, meine Venen zu suchen, und habe nicht mitgekriegt, dass es einen Krieg gab. Du wirst mir sagen, ist mir egal. Ich sage Golfkrieg, weil es ein gutes Beispiel ist.

Ich vergesse fast alles.

Sonia, verzeih mir, aber es stimmt. Ich erinnere mich nicht mehr an dich.

Und dann habe ich Ambre getroffen.

Wenn ich nur schon ihren Namen sage, fühle ich mich gut.

Ambre.

Das erste Mal, dass ich sie gesehen habe, war im Aufnahmestudio in der Rue Guillaume-Tell. Wir steckten seit einer Woche im Schlamassel, und alle gingen uns auf den Geist mit irgendwelchen üblen Geldgeschichten, weil wir ziemlich hintendran waren.

Man kann nicht alles vorhersehen. Nie. In *dem* Fall hatten wir nicht vorhersehen können, dass dem Supertontechniker, den wir zu einem Wahnsinnspreis aus den States hatten einfliegen lassen, um es den fetten Lederjacken in der Plattenfirma recht zu machen, bei der erstbesten Gelegenheit die Luft ausgehen würde.

Die Müdigkeit und die Zeitverschiebung sind ihm wohl nicht bekommen, hat der Doc behauptet.

So ein Blödsinn, die Zeitverschiebung hatte damit nicht das Geringste zu tun.

Bei dem Yankee waren bloß die Augen größer als der Bauch, und das geschah ihm recht. Jetzt sah er alt aus mit seinem Vertrag, mit dem »er die kleinen Frenchies zum Tanzen bringen wollte« …

Es war eine üble Zeit. Ich hatte seit Wochen kein Tageslicht mehr gesehen und habe mich nicht mehr getraut, mit der Hand mein Gesicht zu berühren, ich hatte das Gefühl, meine Haut würde platzen oder Risse bekommen oder so was in der Art.

Am Ende konnte ich nicht mal mehr rauchen, so weh tat mir der Hals.

Fred ging mir eine Zeit lang mit einer Freundin seiner Schwester auf den Zeiger. Einer Fotografin, die mich auf einer Tournee begleiten wollte. Als *free lance*, aber ohne die Fotos hinterher verkaufen zu wollen. Nur für sich.

He, Fred, lass mich in Ruhe damit …

Wart doch mal, was kümmert's dich, wenn ich sie mal einen Abend mitbringe, oder? Was kümmert dich das?!

Ich kann Fotografen nicht ab, ich kann künstlerische Leiter nicht ab, ich kann Journalisten nicht ab, ich kann es nicht ab, wenn man mir im Weg steht, und ich kann es nicht ab, wenn man mich beobachtet. Geht dir das in deinen Schädel oder nicht?

Scheiße, bleib cool, Mann, nur für einen Abend, zwei Minuten. Du brauchst ja nicht mit ihr zu reden, wahrscheinlich siehst du sie nicht mal. Tu's mir zuliebe, verdammt. Man merkt schon, dass du meine Schwester nicht kennst.

Vorhin habe ich dir erzählt, dass ich alles vergesse, aber das nicht, wie du siehst.

Sie kam durch die kleine Tür auf der rechten Seite, wenn du vorm Mischpult stehst. Sie sah aus, als wollte sie sich entschuldigen, ging auf Zehenspitzen und trug ein weißes T-Shirt mit ganz schmalen Trägern. Von dort, wo ich stand, hinter der Scheibe, konnte ich ihr Gesicht nicht gleich sehen, aber als sie sich hingesetzt hat, sind mir ihre winzigen Brüste aufgefallen, und schon hatte ich Lust, sie zu berühren.

Später hat sie mir zugelächelt. Nicht wie die Mädchen, die mir sonst zulächeln, weil sie sich freuen, dass ich sie anschaue.

Sie hat mir einfach so zugelächelt, um nett zu sein. Und nie ist mir eine Aufnahme so lang vorgekommen wie an diesem Tag.

Als ich aus meinem Glaskäfig kam, war sie verschwunden.

Ich sagte zu Fred:

Ist das die Freundin deiner Schwester?

Jaaa.

Wie heißt sie?

Ambre.
Ist sie gegangen?
Ich weiß nicht.
Scheiße.
Was?
Nichts.

Am letzten Tag ist sie wiedergekommen. Paul Ackermann hatte im Studio eine kleine Party organisiert, »um deine nächste goldene Platte zu feiern«, hatte er gesagt, der Blödmann. Ich kam gerade aus der Dusche, mit noch nacktem Oberkörper, und trocknete mir den Kopf mit einem viel zu großen Handtuch ab, als Fred uns miteinander bekannt machte.

Ich habe fast kein Wort rausgebracht. Als wäre ich fünfzehn, und ich ließ das Handtuch auf den Boden fallen.

Sie hat mir wieder zugelächelt, wie beim ersten Mal.

Sie zeigte auf einen Bass und fragte:

Ist das Ihre Lieblingsgitarre?

Und ich – ich wusste nicht, ob ich sie gerne geküsst hätte, weil sie so überhaupt nichts davon verstand oder weil sie Sie zu mir sagte, wo mich sonst alle Welt duzte und mir dabei auf den Bauch klopfte …

Vom Präsidenten der Republik bis zum hinterletzten Arschloch sagten alle Du, als hätten wir zusammen Schweine gehütet.

Die Branche will es so.

Ja, habe ich geantwortet, die mag ich am liebsten.

Und ich suchte mit den Augen nach etwas, was ich mir überziehen konnte.

Wir haben uns ein bisschen unterhalten, aber es war schwierig, weil Ackermann ein paar Journalisten eingeladen hatte, das hätte ich mir denken können.

Sie hat mich wegen der Tournee gefragt, und ich habe zu allem Ja gesagt und heimlich ihre Brüste betrachtet. Dann hat sie sich verabschiedet, und ich habe überall nach Fred oder nach Ackermann gesucht oder nach dem Erstbesten, dem ich eine in die Fresse hauen konnte, weil ich innerlich überkochte.

Die Tournee umfasste rund zehn Termine, fast alle außerhalb von Frankreich. Wir waren zwei Abende in der Cigale, den Rest bringe ich völlig durcheinander. Wir sind in Belgien, Deutschland, Kanada und in der Schweiz gewesen, aber frag mich nicht in welcher Reihenfolge, ich könnte es nicht sagen.

Auf Tournee bin ich müde. Ich mache meine Musik, ich singe, ich versuche, clean zu bleiben, so gut es geht, und ich schlafe im Pullman.

Auch wenn ich einen Arsch aus Massivgold hätte, wäre ich mit meinen Musikern in einem klimatisierten Pullman on the road. An dem Tag, an dem du mich ohne sie in ein Flugzeug steigen siehst, um ihnen kurz vorm Auftritt die Pfote zu geben, sag mir Bescheid, das hieße dann, dass ich hier nichts mehr verloren habe und dass es an der Zeit ist, mich nach was anderem umzusehen.

Ambre hat uns begleitet, aber ich habe es nicht von Anfang an gewusst.

Sie hat ihre Fotos gemacht, ohne dass wir es gemerkt haben. Sie war bei den Backgroundsängerinnen untergebracht. Man hörte sie gelegentlich in den Hotelkorridoren kichern, wenn Jenny ihnen die Karten legte. Wenn ich sie sah, hob ich den Kopf und versuchte, mich gerade zu halten, aber ich bin in den ganzen Wochen nicht ein einziges Mal auf sie zugegangen.

Ich kann den Job und Sex nicht mehr vermischen, ich bin alt geworden.

Der letzte Abend war ein Sonntag. Wir waren in Belfort, wo wir als glanzvollen Abschluss ein Sonderkonzert zum zehnten Geburtstag von Eurock geben wollten.

Beim Abschiedsessen habe ich mich neben sie gesetzt.

Dieser Abend ist uns heilig, und wir respektieren ihn und reservieren ihn für uns: für die Roadies, die Techniker, die Musiker und alle, die uns auf der Tournee geholfen haben.

Das ist nicht der Moment, um uns mit einem Starlet oder einem Schreiberling aus der Provinz auf die Nerven zu gehen, nicht einmal Ackermann wäre es in den Sinn gekommen, Fred auf seinem Handy anzubimmeln, um sich nach den letzten News zu erkundigen oder nach der Anzahl der verkauften Karten.

Man muss auch sagen, im Allgemeinen ist das ziemlich schlecht für unser Image.

Unter uns heißen diese Abende Fliegentöter, und das besagt alles.

Tonnen von Stress, die sich auflösen, die Freude über die abgeschlossene Arbeit, die ganzen Spulen noch heiß in ihrer Dose und mein Manager, der das erste Mal seit Monaten plötzlich lächelt, das ist zu viel auf einmal, das artet leicht aus …

Am Anfang habe ich noch versucht, Ambre rumzukriegen, aber als ich kapiert habe, dass ich zu breit war, um sie richtig zu vernaschen, habe ich es aufgegeben.

Sie hat sich nichts anmerken lassen, aber ich weiß, dass sie die Situation voll durchschaut hat.

Irgendwann, als ich im Restaurant auf dem Klo war, habe ich ihren Namen langsam und laut in den Spiegel überm Waschbecken gesprochen, aber anstatt einmal tief durchzuatmen und mir kaltes Wasser in die Fresse zu spritzen, um ihr ins Gesicht zu sagen: »Wenn ich dich anschaue, bekomme ich Bauchflattern wie vor zehntausend Zuschauern, bitte hör auf damit, nimm mich in den Arm«, habe ich mich umgedreht und beim Dealer vom Dienst Stoff für zwei Riesen gekauft.

Monate sind vergangen, das Album kam heraus – mehr sage ich nicht, es ist eine Zeit, die ich immer weniger gut abkann: wenn ich nicht mehr allein sein kann mit meinen sinnlosen Fragen und meiner Musik.

Wieder einmal war es Fred, der kam, um mich mit seinem schwarzen Vmax abzuholen und zu ihr zu bringen.

Sie wollte uns ihre Arbeiten von der Tour zeigen.

Ich war gut drauf. Ich freute mich, Vickie, Nath und Francesca wiederzusehen, die live mit mir gesungen hatten. Sie gingen jetzt eigene Wege. Francesca wollte ein Album für sich allein, und wieder einmal habe ich ihr auf Knien geschworen, ihr unvergessliche Sachen zu komponieren.

Ihre Wohnung war winzig, und man trat sich gegenseitig auf die Füße. Wir tranken eine Art rosa Tequila, den der Nachbar von gegenüber zusammengepanscht hatte. Er war Argentinier und maß mindestens zwei Meter, er lächelte die ganze Zeit.

Ich war über seine Tätowierungen völlig baff.

Ich bin aufgestanden. Wusste, dass sie in der Küche war. Sie sagte:

Willst du mir helfen?

Ich sagte Nein.

Sie sagte:

Willst du meine Fotos sehen?

Ich hatte Lust, noch einmal Nein zu sagen, aber stattdessen habe ich gesagt:

Jaaa, gern.

Sie ging in ihr Schlafzimmer. Als sie zurückkam, schloss sie die Tür ab und fegte alles, was auf dem Tisch war, mit einem Arm zu Boden. Das hat einen Heidenlärm verursacht, aufgrund der Aluminiumtabletts.

Sie legte ihre Mappe hin und setzte sich mir gegenüber.

Ich habe das Teil aufgemacht und nur meine Hände gesehen.

Hunderte von Fotos in Schwarz-Weiß, die nichts anderes zeigten als meine Hände.

Meine Hände auf den Saiten der Gitarre, meine Hände, die sich ums Mikro schmiegen, meine Hände neben meinem Körper, meine Hände, die

die Menge liebkosen, meine Hände, die hinter den Kulissen andere Hände drücken, meine Hände, die eine Zigarette halten, meine Hände, die mein Gesicht berühren, meine Hände, die Autogramme geben, meine fiebrigen Hände, meine Hände, die inständig bitten, meine Hände, die Kusshände verteilen, und auch meine Hände, die spritzen.

Große, hagere Hände mit Venen wie Wassergräben.

Ambre spielte mit einem Flaschendeckel. Zerdrückte Krümel.

Ist das alles?, habe ich sie gefragt.

Zum ersten Mal habe ich ihr länger als eine Sekunde in die Augen geschaut.

Bist du enttäuscht?

Ich weiß nicht.

Ich habe deine Hände gewählt, weil sie das Einzige an dir sind, was nicht kaputt ist.

Meinst du?

Sie nickte mit dem Kopf, und ich sog den Duft ihrer Haare ein.

Und mein Herz?

Sie hat mir zugelächelt und sich über den Tisch gebeugt.

Ist es denn nicht kaputt, dein Herz?, hat sie gefragt und leicht skeptisch geguckt.

Hinter der Tür waren Gelächter und leichte Faustschläge zu hören. Ich erkannte Luis' Stimme, der brüllte: »Wirr brrauchen Eiswirrfel!«

Muss man mal sehen, habe ich gesagt.

Es schien, als wollten die Idioten die Tür eindrücken.

Sie hat ihre Hände auf meine gelegt und hat sie angeschaut, als sähe sie sie zum ersten Mal. Und dann hat sie gesagt:

Ja, muss man mal sehen.

Haruki Murakami

Birthday Girl

An ihrem zwanzigsten Geburtstag arbeitete sie wie jeden Freitagabend als Kellnerin. Allerdings hätte sie sich an *diesem* Freitag lieber freigenommen, zumal das andere Mädchen, das in dem Restaurant jobbte, sogar bereit gewesen wäre, mit ihr zu tauschen. Vom Koch angebrüllt zu werden und Kürbis-Gnocchi und frittierte Meeresfrüchte zu den Tischen der Gäste zu schleppen entsprach nicht gerade ihrer Vorstellung von einem Geburtstag. Leider lag ihre Kollegin mit einer Grippe im Bett und konnte, da sie fast vierzig Grad Fieber und Durchfall hatte, unmöglich für sie einspringen. So kam es, dass sie kurzfristig doch selbst antreten musste.

»Macht doch nichts«, hatte sie die Kollegin getröstet, als diese sie anrief, um sich zu entschuldigen. »Auch wenn es mein zwanzigster Geburtstag ist, hatte ich sowieso nichts Besonderes vor.« Tatsächlich war sie gar nicht sehr enttäuscht. Der Hauptgrund dafür war der grässliche Streit, den sie vor ein paar Tagen mit ihrem Freund gehabt hatte, mit dem sie seit der Oberschule zusammen war. Normalerweise hätte sie diesen Abend mit ihm verbracht. Auslöser war eine Lappalie gewesen, doch ein Wort hatte das andere gegeben, und eine heftige Auseinandersetzung war entbrannt, in deren Verlauf – sie spürte es genau – ihre lange Beziehung unwiderruflich zerbrochen war. In ihrem Inneren hatte sich etwas versteinert und war abgestorben. Er hatte sie seither nicht mehr angerufen, und auch sie verspürte nicht die geringste Lust, sich bei ihm zu melden.

Das italienische Restaurant, in dem sie arbeitete, war eines der bekannteren in Roppongi. Die Gerichte, die in dem seit Mitte der sechziger Jahre bestehenden Lokal serviert wurden, waren nicht gerade der letzte Schrei, aber da die Küche sehr solide war, bekamen die Gäste sie nicht über. Es herrschte eine entspannte und unaufdringliche Atmosphäre, und die Mehrzahl der Kunden war schon älter, unter ihnen – dem Ambiente entsprechend – auch einige bekannte Schauspieler und Autoren.

Zwei fest angestellte Kellner arbeiteten sechs Tage in der Woche. Sie und die andere Studentin jobbten jeweils drei. Außerdem gab es noch einen Geschäftsführer und eine dünne Frau mittleren Alters an der Kasse, die schon seit der Eröffnung des Restaurants dort zu sitzen schien. Wie die düstere Alte aus *Klein Dorrit* von Dickens rührte sie sich so gut wie nie vom Fleck. Sie kassierte und beantwortete das Telefon. Andere Aufgaben hatte sie nicht. Sie war stets schwarz gekleidet und machte nur im äußersten Notfall den Mund auf. Sie wirkte kalt und hart, und hätte man sie nachts auf dem Meer treiben lassen, hätte sie wahrscheinlich Schiffe gerammt und versenkt.

Der Geschäftsführer hatte die Mitte der vierzig bereits überschritten. Er war groß und breitschultrig und in seiner Jugend vielleicht Sportler gewesen, doch nun begann er, an Bauch und Kinn Fett anzusetzen, und sein kurzes borstiges Haar war in der Mitte des Scheitels schon etwas schütter. Überdies haftete ihm der muffige Geruch eines alternden Junggesellen an, der sie an Zeitungen und Hustenbonbons erinnerte, die längere Zeit zusammen in einer Schublade gelegen haben. Ein unverheirateter Onkel von ihr roch genauso.

Der Geschäftsführer trug gewöhnlich einen schwarzen Anzug, ein weißes Hemd und eine Fliege. Keine fertige, wohlgemerkt, sondern eine richtige, die er – sein ganzer Stolz – selbst binden konnte, ohne in den Spiegel zu schauen. Seine Aufgabe war es, die Gäste zu empfangen und zu verabschieden, Reservierungen entgegenzunehmen, Stammgäste lächelnd mit Namen zu begrüßen, allen Beschwerden ein aufmerksames Ohr zu schenken, sich kompetent zu Fragen des Weins zu äußern und die Arbeit der Kellner und Kellnerinnen zu überwachen. Zu den Pflichten, denen er Tag um Tag gewissenhaft nachkam, gehörte es auch, dem Inhaber des Restaurants das Abendessen in die Wohnung zu bringen.

»Der Inhaber hatte ein Zimmer im fünften Stock desselben Gebäudes. Eine Wohnung oder ein Büro oder so was«, erzählte sie mir, als wir aus irgendeinem Grund auf unsere zwanzigsten Geburtstage zu sprechen gekommen waren. Die meisten Menschen erinnern sich noch gut an diesen Tag. Ihr Zwanzigster lag etwa zehn Jahre zurück.

»Aber im Restaurant ließ er sich niemals blicken. Der Geschäftsführer war der Einzige, der ihn zu Gesicht bekam, weil er ihm ja das Essen brachte. Keiner der anderen Angestellten hatte ihn je gesehen.«

»Der Inhaber ließ sich das Abendessen immer aus seinem eigenen Restaurant kommen?«

»Genau«, sagte sie. »Der Geschäftsführer brachte es ihm jeden Abend um acht Uhr hinauf. Ausgerechnet in der Zeit, in der wir am meisten zu tun hatten und er eigentlich dringend im Restaurant gebraucht wurde. Da gab es wohl nichts zu wollen, denn dieses Ritual bestand offenbar schon seit Urzeiten. Das Essen wurde auf einen Rollwagen, wie Hotels sie für den Zimmerservice benutzen, geladen, den der Geschäftsführer dann mit beflissener Miene in den Aufzug schob. Nach etwa fünfzehn Minuten kam er ohne den Wagen zurück. Eine Stunde später fuhr er wieder hinauf, um das Geschirr zu holen. Das Ganze wiederholte sich jeden Tag nach exakt dem gleichen Muster. Als ich es zum ersten Mal sah, fand ich es ziemlich merkwürdig, fast wie eine religiöse Zeremonie oder so was, aber mit der Zeit gewöhnte ich mich daran und fand nichts mehr dabei.«

Der Inhaber aß ausnahmslos Huhn. Zubereitungsart und Gemüsebeilagen variierten mehr oder weniger von Tag zu Tag, aber das Hauptgericht war stets Huhn. Einmal erzählte ihr ein junger Koch, dass er – als Test – eine Woche lang jeden Tag ein Brathühnchen hinaufgeschickt habe und dennoch nie eine Beschwerde gekommen sei. Normalerweise möchte ein Koch Gerichte jedoch verschieden zubereiten, sodass jeder neue Küchenchef sich am Anfang an allen nur erdenklichen Huhnrezepten versuchte, exquisite Soßen kreierte und neue Geflügellieferanten ausprobierte. Doch stets erwiesen sich solche Bemühungen als fruchtlos und verliefen letztlich im Sande, da nie irgendeine Reaktion erfolgte. Am Ende gaben alle auf und kochten einfach jeden Tag irgendein gängiges Hühnergericht. Die Hauptsache war eben, dass es Huhn war, mehr wurde von den Köchen nicht verlangt.

An ihrem Geburtstag, dem 17. November, begann sie ihre Arbeit wie gewohnt. Seit dem frühen Nachmittag hatte es in Abständen immer wieder geregnet, und am Abend goss es in Strömen. Um fünf wurden die Angestellten zusammengerufen, und der Geschäftsführer erläuterte ihnen das Abendmenü, das die Bedienungen Wort für Wort auswendig zu lernen hatten. Spickzettel waren nicht erlaubt. Kalbsschnitzel à la Milanese, Pasta mit Kohl und Sardinen, Maronenmousse. Manchmal schlüpfte der Geschäftsführer in die Rolle eines Gastes und stellte Fragen, die die Kellner beantworten mussten. Anschließend wurde das Personal verpflegt, damit bloß keinem beim Umgang mit den Gästen der Magen knurrte.

Das Restaurant öffnete um sechs, aber wegen des strömenden Regens verspäteten sich die meisten Gäste. Einige sagten ihre Reservierungen sogar ganz ab. Wahrscheinlich wollten die Damen ihre Garderobe nicht vom Regen durchweichen lassen. Der Geschäftsführer presste säuerlich die Lippen zusammen, während die Kellner zum Zeitvertreib die Salzstreuer polierten oder mit dem Koch über Rezepte plauderten. Sie ließ ihre Blicke durch den Raum schweifen, in dem nur ein einziges Paar saß, und lauschte der Cembalo-Musik, die leise aus den

Deckenlautsprechern kam. Der dumpfe Geruch spätherbstlichen Regens erfüllte das Restaurant.

Es war nach halb acht, als dem Geschäftsführer schlecht wurde. Kraftlos ließ er sich auf einen Stuhl fallen und hielt sich den Bauch, als habe man ihn angeschossen. Öliger Schweiß trat ihm auf die Stirn. Es sei wohl besser, wenn er ins Krankenhaus führe, stieß er mühsam hervor. Er war äußerst selten krank. In den mehr als zehn Jahren, die er im Restaurant arbeitete, hatte er noch nie gefehlt. Nie war er erkrankt oder hatte sich verletzt. Auch dies war ein Punkt, auf den er besonders stolz war. Doch nun war an seinem schmerzverzerrten Gesicht deutlich zu sehen, dass es ihm ziemlich schlecht ging.

Sie ging mit einem Schirm hinaus auf die Straße und hielt ein Taxi an. Einer der Kellner stützte den Geschäftsführer und stieg mit ein, um ihn in ein Krankenhaus in der Nähe zu bringen. Ehe er einstieg, gab ihr der Geschäftsführer noch mit schwacher Stimme eine Anweisung. »Um acht bringen Sie das Essen in Zimmer 604. Sie brauchen nur zu klingeln. Dann sagen Sie ›Ihr Abendessen‹ und stellen den Wagen dort ab.«

»Zimmer 604 sagten Sie, ja?«

»Pünktlich um acht«, wiederholte der Geschäftsführer und verzog abermals das Gesicht. Die Taxitür schlug zu, und sie fuhren davon.

Auch später ließ der Regen nicht nach, und nur ab und zu verirrte sich ein Gast ins Restaurant, sodass höchstens immer ein, zwei Tische besetzt waren. Daher war es auch kein Problem, dass der Geschäftsführer und ein Kellner fehlten – Glück im Unglück sozusagen, denn meist war der Ansturm so groß, dass das gesamte Personal kaum damit fertig wurde.

Als um acht die Mahlzeit für den Inhaber angerichtet war, schob sie den Servierwagen in den Aufzug, um damit in den fünften Stock zu fahren. Alles war wie immer: eine kleine, bereits entkorkte Flasche Rotwein, eine Thermoskanne Kaffee, ein Huhngericht mit heißem Gemüse, Brot und Butter. Der intensive Duft der Fleischspeise breitete sich in dem engen Aufzug rasch aus und mischte sich mit dem Geruch des Regens. Offenbar hatte jemand mit einem nassen Schirm den Aufzug benutzt, denn der Boden war voller Wassertropfen.

Sie ging den Gang entlang, blieb vor der Tür mit der Nummer 604 stehen und vergewisserte sich in Gedanken noch einmal, ob es auch die richtige war. 604. Sie räusperte sich und läutete an der Klingel neben der Tür.

Keine Reaktion. Gerade als sie nach etwa zwanzig Sekunden noch einmal läuten wollte, ging die Tür plötzlich nach innen auf, und ein zierlicher älterer Herr erschien. Er mochte gut zehn Zentimeter kleiner sein als sie. Er trug einen dunklen Anzug, und von seinem weißen Hemd hob sich eine Krawatte in der Farbe welker Blätter ab. Alles an ihm wirkte makellos rein und faltenlos. Sein weißes Haar war sorgfältig gekämmt, und er sah aus, als sei er auf dem Weg zu einer Abendgesellschaft. Die tiefen Furchen in seiner Stirn erinnerten sie an tiefe Schluchten, wie man sie auf Luftaufnahmen sieht.

»Ich bringe Ihnen Ihr Essen«, sagte sie mit rauer Stimme und räusperte sich noch einmal leise. Immer wenn sie aufgeregt war, klang ihre Stimme heiser.

»Das Essen?«

»Ja, der Geschäftsführer ist plötzlich erkrankt. Darum bringe ich Ihnen heute Ihr Abendessen.«

»Aha«, sagte der Alte wie zu sich selbst, die Hand noch auf dem Türknauf. »Er ist also krank.«

»Ja, er bekam plötzlich Bauchschmerzen und ist ins Krankenhaus gefahren. Vielleicht eine Blinddarmentzündung, hat er gesagt.«

»Das ist aber nicht gut«, sagte der alte Mann und strich sich sacht über die faltige Stirn. »Gar nicht gut.«

Abermals räusperte sie sich. »Darf ich das Essen hineinbringen?«

»Ja, selbstverständlich«, sagte der Alte. »Natürlich. Mir ist es recht. Wie Sie wünschen.«

Wie ich wünsche?, dachte sie. Eine seltsame Ausdrucksweise. Was habe ich denn zu wünschen?

Der alte Mann riss die Tür weit auf, und sie schob den Servierwagen ins Zimmer. Der Boden war mit einem kurzen grauen Teppichboden ausgelegt, und sie trat ein, ohne sich die Schuhe auszuziehen. Der Raum wirkte wie ein großes Büro, das er eher zum Arbeiten als zum Wohnen zu benutzen schien. Durch das Fenster, vor dem ein großer Schreibtisch stand, sah man direkt auf den nahe gelegenen, hell erleuchteten Tokyo-Tower. Neben dem Schreibtisch war eine kleine Couchgarnitur. Der alte Mann deutete auf den länglichen, mit Kunststoff beschichteten Couchtisch davor, auf den sie nun eine weiße Stoffserviette und Besteck legte und die Kaffeekanne, die Tasse, den Wein und das Weinglas, Brot und Butter und den Teller mit Gemüse und Brathühnchen stellte.

»Würden Sie, wenn Sie fertig sind, das Geschirr wie üblich in den Gang stellen? Ich komme in etwa einer Stunde und hole es«, sagte sie.

Aufmerksam musterte der alte Herr die aufgereihten Speisen.

»Ja, aber natürlich. In den Gang. Auf dem Wagen. In einer Stunde. Wie Sie wünschen«, antwortete er geistesabwesend.

Genau, so wünsche ich es, dachte sie diesmal. »Kann ich sonst noch etwas für Sie tun?«

»Nein, danke«, sagte er nach kurzem Nachdenken. Er trug schwarze, blitzblank polierte Lederschuhe. Sie waren klein und sehr elegant. Ihr fiel auf, wie viel Wert er auf Kleidung legte. Außerdem hielt er sich für sein Alter sehr gerade.

»Dann gehe ich jetzt wieder an die Arbeit.«

»Warten Sie noch einen Augenblick«, sagte er.

»Ja?«

»Würden Sie mir fünf Minuten Ihrer Zeit schenken, gnädiges Fräulein? Ich möchte mich mit Ihnen unterhalten.«

Gnädiges Fräulein? Unwillkürlich errötete sie.

»Ja, das wird schon gehen ... wenn es nur fünf Minuten sind.«

Immerhin bezahlte er ihren Stundenlohn, also konnte von Schenken keine Rede sein. Außerdem erweckte der alte Herr nicht den Eindruck, als hätte er etwas Ungebührliches im Sinn.

»Übrigens, wie alt sind Sie?«, fragte er und sah ihr in die Augen, während er mit verschränkten Armen neben dem Schreibtisch stand.

»Ich bin zwanzig geworden.«

»*Geworden?*«, wiederholte der Alte und kniff die Augen zusammen, als versuche er durch einen schmalen Spalt zu spähen. »*Geworden* heißt gerade erst, nicht wahr?«

»Ja, gerade erst.« Nach kurzem Zögern fügte sie hinzu: »Eigentlich habe ich sogar heute Geburtstag.«

»Aha«, sagte der alte Herr, als bestätige sie eine

von ihm längst gehegte Vermutung, und rieb sich das Kinn. »So ist das also. Heute ist Ihr zwanzigster Geburtstag.«

Sie nickte.

»Genau heute vor zwanzig Jahren sind Sie auf die Welt gekommen.«

»So ist es.«

»Sieh mal einer an«, sagte der Alte. »Wunderbar. Herzlichen Glückwunsch.«

»Vielen Dank.« Da ging ihr auf, dass er der Erste war, der ihr heute gratulierte. Andererseits fand sie, wenn sie nach Hause kam, bestimmt auch Glückwünsche von ihren Eltern auf dem Anrufbeantworter vor.

»Ich wünsche Ihnen alles Gute. Wollen wir nicht mit einem Schluck Rotwein auf Ihr Wohl anstoßen, gnädiges Fräulein?«

»Vielen Dank, aber ich muss noch arbeiten.«

»Ein Schlückchen kann nichts schaden. Wenn ich es Ihnen erlaube, wird Sie deswegen niemand tadeln. Kommen Sie, nur einen Schluck, zur Feier des Tages.«

Der Alte zog den Korken aus der Flasche und goss für sie ein wenig in das Weinglas. Dann holte er aus einer Vitrine ein Wasserglas und schenkte sich selbst ein.

»Herzlichen Glückwunsch zum Geburtstag«, sagte er. »Möge ein erfolgreiches, erfülltes Leben vor Ihnen liegen, und möge niemals ein dunkler Schatten darauf fallen.« Sie stießen an.

Möge niemals ein dunkler Schatten darauf fallen, wiederholte sie die Worte des Alten in Gedanken. Warum hatte er ausgerechnet diesen ungewöhnlichen Wunsch ausgesprochen?

»Zwanzig wird man nur einmal im Leben. Es ist ein einmaliger Tag, mein Fräulein.«

»Ja«, erwiderte sie und nippte vorsichtig an ihrem Wein.

»Und an diesem ganz besonderen Tag bringen Sie mir das Abendessen wie eine gute Fee.«

»Ich tue nur, was man mir gesagt hat.«

»Trotzdem«, sagte der alte Herr und schüttelte ein paar Mal kurz den Kopf. »Trotzdem, mein schönes Fräulein.«

Der alte Mann setzte sich auf den Lederstuhl vor dem Schreibtisch und bat sie, auf dem Sofa Platz zu nehmen. Das Weinglas in der Hand, ließ sie sich behutsam nieder. Sie presste die Knie zusammen, zupfte an ihrem Rocksaum und räusperte sich zum x-ten Mal. Sie sah zu, wie die Regentropfen auf der Fensterscheibe ihre Linien zogen. Es war seltsam ruhig im Raum.

»Zufällig ist heute Ihr zwanzigster Geburtstag, und Sie bringen mir auch noch diese schöne warme Mahlzeit«, wiederholte er, wie um sich zu vergewissern. Geräuschvoll stellte er sein Glas auf dem

Schreibtisch ab. »Das muss doch eine besondere Fügung sein. Glauben Sie nicht?«

Sie nickte ohne Überzeugung.

»Also«, sagte er und betastete den Knoten seiner laubfarbenen Krawatte. »Ich möchte Ihnen ein Geburtstagsgeschenk machen. Ein so besonderer Tag wie der zwanzigste Geburtstag bedarf eines besonderen Andenkens.«

Verlegen schüttelte sie den Kopf. »Bitte machen Sie sich keine Gedanken. Ich habe Ihnen doch nur das Essen nach oben gebracht, wie es mir aufgetragen wurde.«

Der Alte hob die Hände, indem er ihr beide Handflächen zukehrte. »Nein, nein. Sie sind diejenige, die sich jetzt mal keine Gedanken macht. Mein Geschenk hat keine konkrete Form und auch keinen Preis.« Er legte die Hände auf den Schreibtisch und holte langsam und tief Luft. »Also, ich möchte einer schönen Fee wie Ihnen einen Wunsch gewähren. Was auch immer Sie sich wünschen, ich werde es Ihnen erfüllen. Natürlich nur, falls Sie überhaupt einen Wunsch haben.«

»Einen Wunsch?« Ihre Kehle war wie ausgetrocknet.

»Ja, etwas, das Ihrem Wunsch gemäß eintreten soll. Sie haben einen Wunsch frei. Das ist mein Geburtstagsgeschenk an Sie. Aber denken Sie gut nach, denn es ist nur einer.« Er hob einen Finger.

»Sie können ihn nicht mehr zurücknehmen, auch wenn Sie es sich später anders überlegen.«

Ihr fehlten die Worte. Ein Wunsch? Vom Wind gepeitscht, prasselte der Regen stoßweise gegen die Scheiben. Während sie schwieg, schaute der alte Herr ihr wortlos in die Augen. In ihren Ohren tickte die Zeit mit unregelmäßigem Pulsschlag.

»Ich habe einen beliebigen Wunsch frei?«

Der Alte antwortete nicht. Er lächelte nur, beide Hände auf den Schreibtisch gelegt. Es war ein sehr natürliches, liebenswertes Lächeln.

»Haben Sie nun einen Wunsch, mein Fräulein, oder nicht?«, sagte er mit sanfter Stimme.

Sie sah mich an. »Das ist wirklich passiert. Ich habe es mir nicht ausgedacht.«

»Natürlich nicht«, sagte ich. Geschichten zu erfinden lag nicht in ihrem Wesen. »Und hast du dir damals etwas gewünscht?«

Wieder blickte sie mir eine Weile ins Gesicht. Dann seufzte sie leise. »Ich habe den Alten damals selbst nicht ganz ernst genommen. Schließlich glaubt man mit zwanzig ja nicht mehr an Märchen. Aber wenn er sich einen spontanen Scherz mit mir erlaubte, war er ganz schön raffiniert, und hinter einem so eleganten alten Herrn wie ihm wollte ich nicht zurückstehen. Immerhin war es mein zwanzigster Geburtstag, da sollte einem schon etwas

Außergewöhnliches zustoßen, fand ich. Mir ging es eher darum als um die Frage, ob ich ihm glaubte oder nicht.«

Wortlos nickte ich.

»Verstehst du, was ich meine? Mein zwanzigster Geburtstag neigte sich sang- und klanglos dem Ende zu, während ich Tortellini mit Sardellensoße servierte und kein Mensch mir gratulierte.«

Abermals nickte ich. »Klar«, sagte ich.

»Also wünschte ich mir etwas.«

Der alte Herr blickte sie eine Weile wortlos an. Auf dem Schreibtisch lagen ein paar dicke Ordner – Rechnungsbücher vielleicht –, und Schreibgerät. Ein Kalender und eine Lampe mit grünem Schirm waren auch vorhanden. Neben ihnen wirkten seine zierlichen Hände wie ein Teil des Inventars. Unablässig schlugen die Regentropfen an die Fensterscheiben und ließen die Beleuchtung des Tokyo-Tower dahinter verschwimmen.

Die Falten des Alten schienen sich ein wenig zu vertiefen.

»Das ist also Ihr Wunsch?«, sagte er.

»Ja.«

»Ein sonderbarer Wunsch für ein Mädchen Ihres Alters. Ehrlich gesagt, ich hatte etwas ganz anderes erwartet.«

»Wenn es nicht geht, kann ich mir ja etwas anderes

wünschen«, sagte sie und räusperte sich. »Das macht nichts. Mir fällt schon was ein.«

»Nein, nein!« Der alte Mann hob die Hände und schwenkte sie wie Fähnchen. »Ihr Wunsch ist völlig in Ordnung. Ich war nur überrascht. Und Sie möchten wirklich nichts anderes? Zum Beispiel, schöner, intelligenter oder reicher sein – etwas, das ein normales junges Mädchen sich gewünscht hätte?«

Sie brauchte einen Moment, um die richtigen Worte zu finden. Der alte Mann wartete geduldig und schweigsam, derweil seine beiden Hände auf dem Schreibtisch ruhten.

»Natürlich wäre ich gern schöner, intelligenter oder reicher. Aber ich kann mir die Auswirkungen nicht so recht vorstellen, falls so etwas tatsächlich einträte. Vielleicht würde es mir sogar über den Kopf wachsen. Ich habe das Leben noch gar nicht richtig im Griff. Wirklich nicht. Ich weiß nicht, wie es funktioniert.«

»Ich verstehe.« Der alte Herr verschränkte die Finger und löste sie wieder.

»Also sind Sie mit meinem Wunsch einverstanden?«

»Natürlich«, sagte der Alte. »Natürlich. Von meiner Seite gibt es da keine Schwierigkeiten.«

Er starrte nun auf einen Punkt im Raum. Die Falten auf seiner Stirn wurden noch tiefer. Fast war es, als lege er beim Nachdenken auch sein Gehirn in Falten. Er schien etwas in der Luft schweben zu sehen – so etwas wie eine winzige Feder, die vielleicht nur für ihn sichtbar war. Er breitete die Arme aus, erhob sich leicht vom Stuhl und klatschte energisch und mit einem kurzen trockenen Knall in die Hände. Dann setzte er sich wieder. Er strich sich mit den Fingerspitzen über die Stirnfalten, wie um sie zu glätten, und lächelte sie ruhig an.

»Das war's. Ihr Wunsch ist erfüllt.«

»So schnell?«

»Ja, das war nicht schwer«, sagte der Alte. »Herzlichen Glückwunsch zum Geburtstag, mein schönes Fräulein. Seien Sie unbesorgt, ich stelle den Wagen später in den Korridor. Sie können wieder an Ihre Arbeit gehen.«

Sie fuhr mit dem Aufzug zurück ins Restaurant. Da sie nun nichts mehr bei sich hatte, fühlten sich ihre Schritte unangenehm leicht an, als ginge sie über etwas Flaumiges hinweg.

Der jüngere Kellner sprach sie an. »Was war denn? Du siehst irgendwie weggetreten aus.«

Sie lächelte unverwandt und schüttelte den Kopf. »Wirklich? Aber es ist nichts.«

»Wie ist denn der Chef so?«

»Keine Ahnung, ich habe ihn nicht so genau gesehen«, erwiderte sie abweisend.

Nach anderthalb Stunden holte sie das Geschirr

ab, das auf dem Wagen im Korridor stand. Als sie den Deckel der Terrine hochhob, sah sie, dass alles fein säuberlich aufgegessen war. Die Weinflasche und die Kaffeekanne waren leer. Die Tür von Zimmer 604 war nun geschlossen und wirkte anonym. Stumm starrte sie einige Augenblicke darauf, als könne sie sich jeden Moment öffnen. Aber nichts geschah. Sie brachte den Servierwagen wieder nach unten und schob ihn in die Spülküche. Mit einem beiläufigen Nicken vergewisserte sich der Koch, ob das Geschirr leer war.

»Ich habe den Inhaber nie wieder gesehen«, sagte sie. »Im Nachhinein stellte sich heraus, dass der Geschäftsführer nur ganz gewöhnliche Bauchschmerzen gehabt hatte. Schon am nächsten Tag brachte er das Essen wieder selbst hinauf. Im neuen Jahr kündigte ich meine Stelle, und seither war ich nie wieder in dem Restaurant. Ich weiß nicht wieso, aber ich habe das Gefühl, ich sollte mich lieber von dort fernhalten. Es ist nur so eine Ahnung.«

Gedankenverloren spielte sie mit ihrem Bierdeckel. »Manchmal glaube ich, dass ich mir das, was an meinem zwanzigsten Geburtstag geschehen ist, nur eingebildet habe. Oder ich frage mich, ob ich mir durch irgendwelche Umstände da etwas zurechtfantasiert haben könnte, das gar nicht wirklich passiert ist. Im Grunde habe ich jedoch keinen

Zweifel, dass es sich so und nicht anders zugetragen hat. Immerhin erinnere ich mich bis heute genau an das Mobiliar und sogar an die Ziergegenstände in Zimmer 604. All das ist wirklich passiert und war vielleicht sogar von großer Bedeutung für mich.«

Eine Zeit lang nippten wir schweigend an unseren Getränken und hingen jeder für sich seinen Gedanken nach.

»Darf ich dir eine Frage stellen?«, sagte ich. »Eigentlich sind es zwei Fragen.«

»Bitte«, sagte ich. »Als Erstes willst du wahrscheinlich wissen, was ich mir damals gewünscht habe, stimmt's?«

»Aber es scheint, dass du nicht darüber reden willst.«

»Wirklich?«

Ich nickte.

Sie legte den Bierdeckel hin und kniff die Augen zu einem Spalt zusammen, als schaue sie in weite Ferne. »Eigentlich darf man ja auch keinem verraten, was man sich gewünscht hat.«

»Ich habe nicht vor, es aus dir herauszuquetschen«, sagte ich. »Ich wüsste nur gern, ob sich dein Wunsch erfüllt hat. Und ob du ihn – was immer du dir gewünscht hast – später bereut hast. Hast du jemals gedacht, du hättest dir lieber etwas anderes wünschen sollen?«

»Die erste Frage könnte ich sowohl mit Ja als

auch mit Nein beantworten. Aller Wahrschein-
lichkeit nach werde ich ja noch ein Weilchen leben,
und es lässt sich nicht voraussagen, wie sich alles
noch entwickeln wird.«

»Dein Wunsch braucht also Zeit?«

»Ja«, sagte sie. »Die Zeit spielt dabei eine wichtige Rolle.«

»Wie bei manchen Kochrezepten?«

Sie nickte.

Ich dachte einen Moment lang darüber nach,
doch mir kam nichts weiter als eine riesige Pastete
in den Sinn, die bei niedriger Hitze langsam im
Ofen gart.

»Und was sagst du auf meine zweite Frage?«,
fragte ich.

»Wie lautete die noch mal?«

»Ob du deinen Wunsch je bereut hast.«

Eine Weile herrschte Schweigen. Sie sah mich unverwandt und ohne jede Tiefe an. Der Schatten eines
müden Lächelns umspielte ihre Mundwinkel und ver-
mittelte mir den Eindruck von stummer Resignation.

»Ich bin inzwischen verheiratet«, sagte sie, »mit
einem staatlich vereidigten Rechnungsprüfer, der
drei Jahre älter ist als ich, und habe zwei Kinder.
Einen Jungen und ein Mädchen. Und einen iri-
schen Setter. Ich fahre einen Audi und treffe mich
einmal wöchentlich mit Freundinnen zum Tennis.
So sieht jetzt mein Leben aus.«

»Hört sich gar nicht so übel an«, sagte ich.

»Auch wenn die Stoßstange vom Audi zwei Dellen hat?«

»Stoßstangen sind für Dellen da.«

»Das wäre ein toller Aufkleber«, sagte sie. »*Stoßstangen sind für Dellen da.*«

Ich beobachtete ihren Mundwinkel.

»Was ich meine, ist«, sagte sie in nachdenklicherem Ton und kratzte sich am Ohrläppchen – sie hat sehr hübsch geformte Ohrläppchen –, »dass ein Mensch, auch wenn ihm alle Wünsche erfüllt werden, nie mehr werden kann, als er ist. Das ist alles.«

»Das ergäbe auch einen guten Aufkleber«, sagte ich. »*Ein Mensch wird nie mehr, als er ist.*«

Sie lachte laut, sichtlich vergnügt, und der Schatten war plötzlich verschwunden.

Die Ellbogen auf die Theke gestützt, sah sie mich an. »Was hättest du dir denn an meiner Stelle gewünscht?«

»Am Abend meines zwanzigsten Geburtstags?«

»Ja«, sagte sie.

Ich überlegte ziemlich lange, aber kein einziger Wunsch fiel mir ein.

»Mir fällt nichts ein«, sagte ich wahrheitsgemäß. »Ich bin von meinem zwanzigsten Geburtstag schon zu weit entfernt.«

»Wirklich überhaupt nichts?«

Ich schüttelte den Kopf.

»Rein gar nichts?«

»Gar nichts.«

Sie sah mir wieder in die Augen. Es war ein sehr direkter Blick. »Bestimmt hast du deinen Wunsch schon getan«, sagte sie.

»Aber denken Sie gut nach, denn Sie haben nur einen Wunsch frei.« Irgendwo in der Dunkelheit hob ein zierlicher alter Herr mit einer Krawatte in der Farbe von welkem Laub den Finger. »Nur einen. Sie können ihn nicht mehr zurücknehmen, auch wenn Sie es sich später anders überlegen.«

Tessa Hadley

Eine Entführung

Jane Allsop war fünfzehn, als sie entführt wurde und niemand es bemerkte. Es geschah in Surrey vor langer Zeit, in den sechziger Jahren, als Eltern noch weniger aufpassten. Sie war aus dem Internat nach Hause gekommen für den Sommer, und Tag für Tag ging die Sonne auf an einem wolkenlosen Himmel, zu dem Jane zwangsläufig das Wort »azurn« einfiel, das sie im Kunstunterricht gelernt hatte. (Sie war nicht besonders klug oder literaturinteressiert, und ihr graute etwas vor neuen Wörtern, die an ihr hängen zu bleiben schienen.) »Azurn« war nicht einfach ein fröhliches Blau, sondern leer, gleißend und grell. Wie ein Keil zwängte es sich jeden Morgen durch den Spalt zwischen Janes geblümten Vorhängen und zwischen ihre Lider, die sie zukniff, um in ihren Träumen bleiben zu können. In einer Familie wie Janes durfte man sich keinesfalls über schönes Wetter beklagen, doch diese Anstrengung machte sich bei Eltern wie Kindern bemerkbar: Sie waren gnadenlos fröhlich, sehnten sich insgeheim aber nach Regen. Jane stellte sich vor, wie sie es sich mit einer Tüte Lakritz neben einem Fenster gemütlich machte, gegen das der Regen prasselte, und in einem Chalet-School-Buch schmökerte. Ihre Mutter sagte, es sei eine Schande, im Haus zu bleiben, wenn die Sonne scheine, doch draußen konnte Jane sich nicht auf die gleiche Weise in die Lektüre vertiefen: Immer fiel einem da ein extrem perfekt gesprenkeltes Insekt auf die Buchseiten wie eine Erinnerung (Woran? An es selbst.), stach einem eine Wurzel in den Rücken oder bissen einen Ameisen unter den Shorts.

Am Morgen der Entführung schwang Mrs Allsop, die ungepflegt in einem Hemdkleid aus Schlabberleinen auf einer Leiter stand, ihre Gartenschere und beschnitt die Kletterrosen. Sie war unglaublich tüchtig, großgewachsen, grobknochig, mit einem rosigen, freundlichen Gesicht und trockenem gelben Haar, das vernünftig kurz geschnitten war. Jane bewunderte ihre Mutter sehr, besonders wenn sie sich abends verwandelte für ein Konzert in London oder ein Rotary-Club-Dinner: mit Perlenclips, Lippenstift, Parfüm und einer gerüschten maulwurfsgrauen Satinstola. Jane begehrte diese Stola und legte sie sich um, wenn ihre Mutter beim Einkaufen war; dabei warf sie sich im Spiegel vor Sinnlichkeit triefende Blicke zu, obwohl ihre Mutter keineswegs sinnlich war und Jane immer zu hören bekam, wie ähnlich sie ihr sehe. Sie schien auf jeden Fall die gleiche Figur zu haben: wenig Busen, keine nennenswerte Taille und einen breiten flachen Po.

»Warum rufst du nicht ein paar deiner alten Freundinnen an?«, schlug Mrs Allsop von der Leiter aus vor. »Lad sie zum Tischtennisspielen ein.«

Jane reagierte mit ausweichender Begeisterung. (Sie kannte ihre alten Freundinnen nicht mehr; das passierte eben, wenn man auf ein Internat geschickt wurde.) Sie sagte, sie gehe drin ihr Jokari suchen (einen Gummiball, der mit einem langen elastischen Band an einem Holzsockel befestigt war und den man mit einem Schläger auch allein stundenlang hin und her spielen konnte). In der Familie galten Sport und Körperübungen als sinnvoller Zeitvertreib; alles andere war Müßiggang und Vergeudung wertvoller Zeit. Einzig Janes Bruder Robin war von diesen Vorschriften befreit: Er paukte, um in Oxford angenommen zu werden, deshalb war es ihm erlaubt, den ganzen Tag Bücher zu wälzen, mit mürrischer Miene herumzulaufen und zu klagen, von der Sonne bekomme er Kopfschmerzen. Als Jane in Robins Zimmer streunte (»Schwirr ab, Mücke, meine Schwelle darfst du nicht überschreiten«), lag er zusammengerollt auf der Seite in seinem Bett, die verschränkten Hände zwischen den angezogenen Knien, ohne Brille, ein aufgeschlagenes Buch vor dem Gesicht, während gedämpft eine Pink-Floyd-Platte lief. Es war klar, dass er geraucht hatte. Mrs Allsop rauchte mit einer lässigen Eleganz, die Jane verblüffte, aber nur an den Seidenstola-Abenden oder wenn Freundinnen zum Tee kamen. (Für Robin, der von Kopfschmerzen und Sexphantasien geblendet und gelegentlich von wahnsinnigem Ehrgeiz durchzuckt auf seinem Bett lag, war seine stumm protestierende Schwester – sie stand einfach nur da, bis er aufstand, sie hinausschubste und die Tür hinter ihr zuschloss – eine Heimsuchung aus seiner öden Vergangenheit, als sie sich noch verstanden hatten.)

Jane war lustlos, ihr Geist leer, nur dann und wann flammte darin Unzufriedenheit auf. Irgendwo gingen richtige Kinder gesunden Beschäftigungen nach, lösten die Leinen von Booten, bauten Dämme oder fingen Schmetterlinge, um sie in Dosen ersticken zu lassen (wie sie und Robin es einst im Sommer getan hatten). Sie sollte wie diese Kinder sein, warf sie sich vor; oder sich gründlicher dem Teenagerdasein hingeben wie manche Mädchen in der Schule: Make-up auftragen und wieder wegschrubben, einen Schwarm für Brüder von Freundinnen kultivieren, auch wenn sie die jungen Männer nur von Weitem gesehen hatte, aus der *Jackie* Bilder von Popstars ausschneiden. Jane wusste, dass diese Mädchen ihr voraus waren auf dem schicksalhaften Weg zum Erwachsensein, von dem sie in geheimniskrämerischen Biologiestunden ungenaue Vorstellungen entwickelt hatte. Doch diese Mädchen schienen auch einen Schritt zurück in die Banalität gemacht zu haben, verglichen mit dem, was aus diesem azurnen Tag, diesem spendablen, glühend heißen, ihr auf die sommersprossigen Schultern brennenden und so schwer an den Händen hängenden Tag, werden sollte – wenn sie nur mehr damit anzufangen wüsste.

Sie trug das Jokari durch die Bäume zum unteren Teil des Gartens. Ihre Schwester Frances, die mit ihrer dunklen Haut und ihrem mysteriösen Wesen so ganz anders als ihre Mutter und noch nicht alt genug fürs Internat war, hatte Spielkameradinnen eingeladen. Eigentlich sollten sie gegen Bezahlung mit Löffeln und Plastiktüten die Hasenkötel in der Einfahrt aufsammeln. Stattdessen kauerten alle vier in einem Halbkreis unter den Kiefern, wo sie für ihre Puppen zum Tee gedeckt hatten mit einem Kiefernzapfen auf jedem Tellerchen und einem Hasenkötel in jedem Tässchen. Jane hörte Frances mit zwei verschiedenen Stimmen im Singsang sprechen, während die anderen ihr gebannt zuschauten.

»Will nicht! Will nicht!«, sagte Frances mit ihrer weinerlichen Stimme.

»Iss das auf«, entgegnete ihre böse Stimme. »Nimm deine scheußliche Medizin!«

Als Jane näher kam, verzogen sich die kleinen

Mädchen ins Unterholz, wobei sie ihr feindselige Blicke zuwarfen. Jane stieß die Puppen mit Fußtritten um und warf die Kiefernzapfen, so hoch sie konnte, hinauf ins protzige Himmelblau zwischen den Baumwipfeln (sie war wurfstark, sagte ihr Vater immer, stärker als Robin); doch selbst beim Gemeinsein war sie nur halbherzig bei der Sache. »Wir hassen sie! Sie ist so hässlich!«, murmelten die Hexenkinder, die sich hinter den kahlen Kiefernstämmen verborgen hielten. Jane fiel wie so oft ein, dass sie einmal bei einer Freundin die schrullige Großmutter zu laut hatte fragen hören, wer »dieses unansehnliche Mädchen« sei. Die Hexen dachten nicht einmal daran, sie zu verfolgen und ihr nachzuspionieren, was immerhin eine Art Spiel gewesen wäre. Sie stellte das Jokari auf ein sonnenverbranntes Stück Gras gleich neben der Stelle, wo die staubige Einfahrt in die Straße mündete. Autos fuhren keine vorbei. Die Straße war eine Sackgasse und führte nur zu weiteren großen Häusern wie ihrem, hinter Bäumen verborgen, manche mit Fachwerk, wobei Jane noch nicht wusste, dass das ein Anzeichen fehlender Echtheit war, andere mit Tennisplätzen, von denen nicht oft das Knallen von Bällen zu hören war.

Sie schleuderte ihre Flipflops von sich und begann resigniert zu spielen. Das Plopp, mit dem der Jokariball auf dem ausgetrockneten Boden aufschlug, beruhigte sie so sehr, dass sie sich überlegte, ihren persönlichen Rekord an ununterbrochenen Treffern zu brechen. (Robins Rekord hatte sie längst hinter sich gelassen.) In ihrer Versunkenheit bekam sie nicht mit, dass ihr Vater den Rover die Einfahrt hinabsteuerte, um die Sonntagszeitungen zu holen: Um Benzin zu sparen, löste er die Handbremse, ließ den Wagen die Einfahrt hinabrollen und startete den Motor erst, wenn er in die Straße einbog. Jane versuchte von ganz unten einen schwierigen Ball mit zu viel Kraft zu retten, als das schnittige Schwarz des Wagens in ihr Gesichtsfeld glitt; offenbar wirkte es, als sei der Ball an seiner elastischen Schnur gezielt und mutwillig gegen das (glücklicherweise geschlossene) Seitenfenster des Autos geschmettert worden. Jäh aus seinen Tagträumen gerissen, empörte sich Mr Allsop unverhältnismäßig heftig über die Untat – schließlich war ja nichts kaputtgegangen. Er hielt das Auto an und trat halb hinaus, um Jane über das Wagendach anzuschreien: Dummes Ding! Hatte sie nichts Besseres zu tun? Dann rollte der Wagen weiter, bedrohlich aufbrummend sowie er die Straße erreichte; Jane blickte ihm nach und blieb verletzt zurück. Die geistigen Flügel, dank denen sie zu schweben begonnen hatte, stockten, und sie stürzte auf die Erde zurück; dabei hatte sie ihr Bestes gegeben, und eigentlich sollte ihr Vater doch ihr

Verbündeter sein, auch wenn sie so verschieden waren. Mr Allsop war wie Frances klein und dunkel, schnell gelangweilt und begabt für Zahlen. Dachte er an Jane, dann durch einen Schleier liebevoller Befürchtung, sie könnte die glatte, unscheinbare Oberfläche ihrer Mutter haben, aber ohne deren kraftvolle Überzeugung.

Mit untypischer Mutlosigkeit ließ Jane den Schläger fallen. Tränen brannten in ihren Augen; die Arme hingen an ihr herab, die Handflächen in einer Geste resignierter Offenheit nach außen gedreht. Was nun, da sogar ihr Versuch, tugendhaft zu sein, misslungen war?

Und so erblickten sie sie. Sie kreuzten Mr Allsops Rover: Er bog von der ungeteerten Straße ab, als sie in diese einbogen. Mr Allsop bemerkte sie, denn er kannte die meisten Autos, die durch diese Straße fuhren, und dieses war ihm weder bekannt noch gefiel ihm, was er sah: ein teures, dunkelgrünes sportliches Kabriolett, auf dessen Sitzen zwei langhaarige junge Männer in schmuddeligen Unterhemden lümmelten, während ein dritter sich auf die Gepäckablage dahinter gequetscht hatte und, zu seinen Kameraden gebeugt, etwas vermutlich Übleres als eine Zigarette rauchte. Der Fahrer, der lässig nur eine Hand auf dem Lenkrad hatte, bog in einer Wolke kreidigen Staubs um die Ecke,

Kies spritzte unter den Reifen hervor. (Wenn das meine Kinder wären, dachte Mr Allsop, hätten die in meinem Wagen nichts verloren. Dass Robin ein solcher Waschlappen ist, hat also nicht nur Nachteile.) Hätte die Familie je mitbekommen, dass Jane entführt worden war, hätte ihr Vater sich vermutlich an die Fremdlinge erinnert und einen entsprechenden Verdacht gehegt.

Die Jungs waren betrunken und bekifft und hatten die ganze Nacht lang nicht geschlafen (sie waren am Vortag aber auch erst nachmittags um vier aufgestanden). Sie waren im Auto von Nigels Vater unterwegs auf der Suche nach Mädchen. (Nigel war der hinten in der Gepäckablage.) Sie hatten ihr zweites Jahr in Oxford hinter sich und wohnten bei Nigel zu Hause, mit dem Auto ungefähr zwanzig Minuten von den Allsops entfernt; Nigels Eltern waren in Frankreich. Nachdem sie im Morgengrauen abgesackt waren, auf den eckigen skandinavischen Sesseln im Wohnzimmer gedöst und beim Grateful-Dead-Hören die modischen Aschenbecher von Nigels Mutter mit Kippen gefüllt hatten, waren alle drei wieder in Schwung gekommen und laut planschend mehrere Längen in Nigels Pool geschwommen. Die Schönheit des Morgens kam ihnen wie ihre persönliche Entdeckung vor: Die Luft war so klar wie das Wasser, Vogelgezwitscher strich durch die echolose Luft, in verzwickten Mustern fiel ihnen die Sonne auf die Haut. Zur Krönung des Tages mussten Mädchen her, hatten sie beschlossen. Das war vor ein paar Stunden gewesen. Sie hatten eine Weile gebraucht, um in die Gänge zu kommen; und egal wo sie hinfuhren, nirgends waren Mädchen zu finden.

»Die tut's«, rief einer von ihnen, als sie Jane erblickten, laut genug, dass sie es hörte. Das war Paddy (dem Namen zum Trotz keineswegs ein Ire), der massige, intelligent wirkende Beifahrer; wie helles Glas blitzten seine Augen aus den Schlitzen, und sein fettiges Haar von der Farbe und Textur eines alten Seils hatte er hinter seine rosafarbenen Ohren geschoben. Er nahm Nigel den Joint ab und blinzelte durch den Rauch, während er Jane eher mit neutraler Strenge als mit Lüsternheit in Augenschein nahm.

»Wo sollen wir die Mädels denn hintun?«, witzelte Nigel nach einem Blick auf Jane. Er hatte keine Lust, seinen wenigen Platz mit jemandem zu teilen (und an Mädchen war er ohnehin nicht sehr interessiert). Paddy erklärte, sie müssten eine nach der anderen einsammeln.

Jane stand barfuß da, die Handflächen noch immer nach außen gedreht, als hätte sie sich selbst aufgegeben. Sie wirkte nicht unscheinbar in diesem Moment, doch das wusste sie nicht. Etwas normalerweise Verborgenes in ihr war zum Vorschein gekommen: ein rotbraunes Licht in ihrem Gesicht, die Sommersprossen wirkten wie die Tarnfarben eines Tiers, verdichteten sich um Lippen und Lider. Rötliche Glanzlichter gab es auch auf ihrem Haar, das sie mit verschiedenfarbigen elastischen Bändern zu zwei Büscheln zusammengebunden hatte. Da sie traurig war, wirkten ihre Augen mit den bleichen Wimpern ausdrucksvoll. In der Familie galt sie als pummelig, doch sie sah einfach nur weich und kuschelig aus. Ihre Kieferpartie war klar definiert, ihre blassen und vollen Lippen waren rissig und leicht geöffnet. Sie wirkte weder geziert noch eingebildet – und in diesem gesprenkelten Licht auch nicht wie ein Kind. Nichts davon entging den Jungs.

Jane kam gar nicht auf die Idee, das Auto könnte ihretwegen halten; sehnsüchtig sah sie es an und spielte mit dem samtigen Staub zwischen ihren Zehen. Daniel, der Fahrer, das erkannte Jane sogleich, sah von den dreien am besten aus; ja er war so schön, dass es wehtat – seine Gesichtszüge waren verwischt und lebhaft zugleich, wie eine Tuscheskizze –, und Janes Herz vermochte sich nicht mehr von ihm zu lösen. Als er das Auto anhielt und sie nach ihrem Namen fragte, sagte sie es ihm. »Willst du eine Spritztour machen?«, fragte er freundlich.

Sie zögerte nur einen Moment lang.

»Nicht hinten«, sagte sie entschlossen. Nigel missfiel ihr schon auf den ersten Blick.

»Hier vorn zwischen uns«, sagte Paddy und rückte auf die Seite.

Und so stieg sie ein, die Flipflops in der Hand. Aus einer Laune heraus hatte sie sich an diesem Morgen gegen Shorts entschieden. Sie trug ein verwaschenes altes Kleid aus geblümter Baumwolle mit Bubikragen.

Unterwegs zu Nigels Haus war Jane an einem Ladendiebstahl beteiligt, der zum Glück nicht entdeckt oder zumindest nicht gemeldet wurde. Sie hatte noch nie etwas gestohlen; das wäre ihr nie in den Sinn gekommen. Doch jetzt war sie desorientiert: Auf der Fahrt hatte Paddy die elastischen Bänder von ihren Büscheln gezogen, sodass ihr Haar allen wild in die Gesichter flatterte. Die durch ihr Blickfeld peitschenden Strähnen wirkten halluzinierend und lenkten sie ab von ihrer viel größeren Verwunderung darüber, dass sie halb auf Paddys Knie saß und spürte, wie Daniel auf einer geraden Strecke, als er nicht schalten musste, einen Arm um sie legte. (Nigels Vater hatte sich für einen MGC mit manueller Gangschaltung entschieden.) »Schon gut«, sagte Daniel. »Keine Angst. Wir sind nicht durch und durch schlimm.«

»Ich mag sie«, kommentierte Paddy. »Sie quatscht nicht zu viel.«

Das Seltsamste war, dass sie tatsächlich keine

Angst hatte, obwohl ihr bewusst war, dass sie es sollte; besonders als die Jungs besprachen, dass sie den Ladenbesitzer in ein Gespräch verwickeln würden, damit Jane derweil Schnapsflaschen in ihren Segeltuchbeutel schmuggeln könnte. »Er bewahrt den Schnaps in einem kleinen Nebenraum auf«, sagte Daniel. »Du siehst nicht aus, als würdest du trinken, also wird dich niemand verdächtigen. Und falls doch, dann weinst du einfach und sagst, wir hätten dich gekidnappt und dazu gezwungen.«

Der Laden kam Jane nicht bekannt vor, obwohl er nur ein paar Meilen von ihrem Haus entfernt war: Ihre Mutter ließ die meisten Einkäufe liefern, und nie und nimmer hätte Mrs Allsop in einem so schlecht beleuchteten, muffig riechenden Laden eingekauft, in dessen Fenstern Werbeplakate für Zigaretten und für Tees miteinander konkurrierten und dessen Regale wahllos vollgestopft waren mit verblassten Konservendosen, chinesischen Souvenirs und Unmengen von Bonbongläsern. Auf dem Tresen kämpfte ein unverpackter orange panierter, fetter Schinken um Platz mit Packungen von Petersiliensoße und verbilligten zerbrochenen Keksen. Ekel vor dem widerlichen Fleischgeruch des Schinkens befeuerte Janes unmögliche rasche Taten. In der dunklen Alkoholnische hinter einem Plastikstreifenvorhang wählte sie die Flaschen mit ihrem Tastsinn aus; sehen konnte sie kaum etwas, da ihre Augen vom Licht draußen noch geblendet waren. Ihr Herz klopfte so heftig wie ein absterbender Motor, doch ihre Hände griffen zielstrebig zu. Die Jungs bezahlten das geschnittene Brot, die Tomaten und die Büchse Thunfisch, die sie ausgewählt hatten, und verabschiedeten sich schnöselig vom Ladenbesitzer. Im Auto saß Jane wieder zwischen ihnen, die klirrende Beute auf ihrem Schoß.

»Die ist begabt«, sagte Paddy, nachdem sie ein Stück gefahren waren und er aus dem Brotsack einen verstaubten Mateus-Rosé, Johnny Walker und mehrere Flaschen Barley Wine hervorgekramt hatte.

»Ein Naturtalent«, sagte Daniel.

»Jetzt haben wir sie in der Hand«, sagte Paddy. »Das ist Belastungsmaterial.«

In den hintersten Winkeln ihres Bewusstseins stöberte Jane nach dem schlechten Gewissen, das dort doch lauern musste: Der arme ehrliche Ladenbesitzer, der um seinen Lebensunterhalt kämpfen musste! Doch es war, als hätten sich diese Winkel in Wohlgefallen aufgelöst, als gäbe es nur eine milde unendliche Gegenwart von Sonnenschein und Fahrtwind, während der MGC durch die Gegend kurvte. Ihr Bewusstsein wurde – zumal sie in Sachen Körperkontakte vollkommen unbeleckt war – geradezu überflutet vom Kontakt mit den warmen Körpern der Jungs; es störte sie nicht einmal sonderlich, dass Nigel, als er sich von seinem Sitz nach vorn beugte, demonstrativ sein Kinn auf ihre Schulter legte. Bis zu diesem Moment war ihr noch nie eingefallen, dass Männlichkeit – ein suspektes Reich des Andersseins mit tiefen Stimmen, Bartwuchs, Fachwissen und Badezimmergerüchen – je von so intimer Wichtigkeit sein könnte für sie; es kam ihr so unwahrscheinlich vor wie die Kollision zweier Planeten.

Jetzt begann sie unter der Oberfläche des Augenblicks heimlich – und geduldig, denn diese Entdeckungen ihrer selbst waren noch ganz neu – darauf zu warten, dass Daniels Hand beim Schalten ihren Oberschenkel streifen würde. Unter den blendenden Strähnen ihres Haars hervor warf sie lange verstohlene Blicke auf ihn und sog sich voll mit dem, was bei ihr diese köstlichen Sehnsuchtsgefühle bewirkte. Sein Kopf saß so ähnlich auf seinem schlanken Körper wie bei der Porträtbüste dieses Dichters (sie wusste nicht mehr, welcher es war) zu Hause auf dem Klavier, das niemand spielte. Sein dunkles Haar fiel in Locken, wie bei der Skulptur des Dichters, und sein Gesicht hatte die gleichen scharfen, nach vorn strebenden Linien. Ein feines Grübchen, das sich neben seinem Mund bildete, wenn er seltenerweise kurz lächelte, war das fatale Tüpfchen auf dem i. Jane fand, er sehe so gut aus wie ein Rock- oder Filmstar, vielmehr noch besser, denn während diese sich auf ihren Postern plump produzierten, hielt Daniel sich etwas zurück.

Nigel hatte an seinem Schlüsselring einen Flaschenöffner, und nach einer Diskussion mit Jane darüber, ob sie Alkohol trinke oder nicht, begannen sie mit dem Barley Wine. »Ich trinke nicht«, gab sie freimütig zu. »Aber ich könnte ja damit anfangen.« Besorgt sagte Daniel, sie sollten ihr nicht zu viel geben, nur ein Schlückchen nach dem anderen. Sie beobachteten ihr Gesicht, um zu sehen, ob es ihr schmeckte, und lachten begeistert, als offensichtlich wurde, dass dies nicht der Fall war, auch wenn sie tapfer auf dem Gegenteil beharrte (»Doch! Doch es schmeckt mir ganz gut!«); sie amüsierten sich, als gäben sie einem Hundewelpen Bier.

Hätte das Haus von Nigels Eltern irgendwelche Ähnlichkeit mit Janes Haus gehabt, wäre sie beim Ankommen vielleicht von der Erinnerung aufgerüttelt worden; das Haus lag zwar wie ihres abgeschieden hinter Bäumen und hatte etwas verhohlen Privilegiertes an sich, war aber modern: lauter Rechtecke aus Glas und rohes rötliches Holz. Das erklärte Nigel irgendwie, fand Jane: seine eckige Unbeholfenheit und seinen blöden Blick, als blinzle er im Widerschein grellen Lichts. Daniel bremste theatralisch auf der Einfahrt, sie stiegen aus, trotteten vorn durch den Eingang und gleich hinten wieder hinaus, als seien die hellen Innenräume eine optische Täuschung; sie hielten einen nicht fest wie die düsteren, von Familiengeschichten erfüllten Interieurs, die Jane gewohnt war. Von der Terrasse hinten hatte man einen Ausblick auf den japanisch gestalteten Garten, mit kunstvoll platzierten Quarzfelsen, Ginkgos und japanischem Ahorn. Einen Moment lang schienen die Jungs unschlüssig zu sein, was sie als Nächstes tun sollten; von ihrer Mutter hatte Jane abgeschaut, dass es an ihr war, betretenes Schweigen zu überspielen.

»Wie schade, dass ich meinen Anzug nicht mitgebracht habe«, sagte sie im Plauderton, während sie zum Swimmingpool blickte, den Nigel täglich von Zweigen, Blättern und toten Insekten befreien sollte, was er aber nicht tat.

»Was für einen Anzug, Ilse Bilse?«, sagte Nigel. »Arbeitest du an der Börse?«

Beim Anblick der Schweinerei im Haus war er gehässig geworden, hin- und hergerissen zwischen aufgesetzter Unbekümmertheit und Verantwortungsgefühl (wenn er an seine Mutter dachte); er spielte mit dem Gedanken, das Geschirr zu spülen, verschob ihn aber auf später.

»Meinen Badeanzug«, erklärte Jane.

Aus ihrer vertrauten Welt herausgelöst, schien es ihr leichter zu fallen, würdevoll aufzutreten, als bewegte sie sich in einer anderen, glatteren Haut. Vielleicht hatte auch der Barley Wine damit zu tun. Sie vermochte außerdem, die Motive und Beziehungen der anderen zu durchschauen – das Wissen von Erwachsenen schien man nicht allmählich, sondern schlagartig zu erlangen. Daniel, erkannte sie, hatte Macht über die anderen zwei, so wie er Macht über Jane hatte, allerdings nicht aufgrund irgendeiner bewussten Willensanstrengung. Sie verfolgten seine Bewegungen und Launen: Wenn er sich wohlfühlte, taten sie es auch. Dabei war er nicht etwa tyrannisch, bloß freundlich oder geistesabwesend; verlor er sich in Gedanken, dann warf man sich vor, nicht interessant genug zu sein. (Paddy, der sich ein Buch schnappte, gleich nachdem er sich auf die Terrasse gesetzt hatte, kümmerte das weniger als sie und Nigel. Weil Paddy intelligenter war, hatte er mehr Abstand und ein gewisses Maß an Ironie.) Jetzt schlug Daniel Sandwiches und Kaffee vor, als ginge es um einen Sommerlunch und nicht um den Ausklang einer durchgefeierten Nacht. Die Idee wirkte erlösend, sie stellten fest, dass sie einen Bärenhunger hatten. Nigel durchstöberte den Kühlschrank nach Butter. Wäre Jane älter gewesen, hätte sie vielleicht die Gelegenheit genutzt, in der Küche ihre Weiblichkeit auszuspielen; doch das fiel ihr gar nicht ein. Daniel und Nigel machten Thunfisch-Mayonnaise-Sandwiches, und mit der Gelassenheit eines Menschen, der Anspruch auf etwas hat, wartete Jane ab, dass man ihr eines brachte.

Beim Essen fragten sie sie nach ihren Ansichten aus und stellten begeistert fest, dass sie an Gott glaubte und vorhatte, mit einundzwanzig konservativ zu wählen. (»Nicht bloß, weil meine Eltern das tun«, sagte sie mit Nachdruck. »Ich werde Zeitung lesen und mir meine eigene Meinung bilden.«) Sie saßen auf der Terrasse in den ausgefallenen Rattansesseln von Nigels Mutter: Janes war ein flacher Kegel mit gusseisernem Rahmen. Daniel saß mit gekreuzten Beinen neben ihr auf der Terrasse. Sie sagte, es sei nur gerecht, dass jeder täglich hart arbeite, und all jene, die ständig an England herumkritisierten, sollten mal woanders hingehen und schauen, ob es sich dort besser lebe, und sowieso sei sie gegen Tierquälerei. Während sie redete, spielte Daniel ständig an ihren Füßen herum, die vom Rand des Rattankegels hinabhingen: Mal kitzelte er sie mit der Samenkapsel eines Grashalms, mal zog er diesen zwischen ihren Zehen auf und ab, wo sie vom Riemen der Flipflops verhornt waren. Jane wurde von einem Gefühl überrieselt, das eine Mischung aus Verzückung und Scham war: Scham, weil sie ihre Füße hässlich fand, prosaische platte Dinger, und dazu noch besonders breit. Daniels Füße (er war auch beim Autofahren und im

Laden barfuß gewesen; der Ladenbesitzer hatte sie angestarrt) waren braun und von einer feinen Komplexität, hochgewölbt mit drahtigen Sehnen und gekräuselten dunklen Haaren auf jedem einzelnen Zeh.

»Denkst du, wir sind Faulpelze und Sozialschmarotzer?«, fragte Paddy Jane.

»Ich dachte, ihr seid vielleicht Studenten«, sagte sie schüchtern. »Ich habe eine Ahnung davon, weil mein Bruder nach Oxford will.«

Daniel sagte, über das Thema Oxford möchte er nicht reden. »Seine Karriere dort steht auf der Kippe zwischen Brillanz und Katastrophe«, erklärte Paddy an seiner Stelle. (Sein Tutor hatte Daniel gewarnt, er könnte zu den Abschlussprüfungen nicht zugelassen werden wegen gewisser Scharmützel mit den Drogenfahndern.) »Und er weiß nicht so recht, ob ihn das kümmert oder nicht.«

»Schwimmen wir«, schlug Daniel vor. »Es ist verfickt heiß.«

Jane errötete: Dieses Wort war derart verboten, dass sie kaum wusste, woher sie es kannte. Die Mädchen in der Schule gebrauchten es nie. Das Wort war der dunkel dräuende Eingang zu einer Höhle voller ihr unbekannter Dinge.

»Ich habe aber keinen Anzug«, sagte sie.

»Ilse Bilse, keiner willse«, spottete Nigel.

»Schwimm doch nackt«, schlug Daniel vor. »Hier sieht dich keiner – außer uns, und wir mögen dich.«

Sie schaute ringsum alle an, um herauszufinden, ob das ein Witz war, dann holte sie tief Luft, als würde sie sogleich ins Wasser springen wollen. Sie fühlte sich inspiriert (sie hatte zu ihrem Sandwich auch wieder ein Schlückchen Barley Wine getrunken) und zu allem fähig. Sie ließ sich aus dem Kegelstuhl rutschen und packte den Saum ihres Kleids, um es sich über den Kopf zu ziehen, während die Jungs zuschauten. (Das war so leicht, wie damals mit Robin zu spielen, dachte sie, im Garten mit dem Planschbecken.) Sie war sich ungehemmt ihres jungen Körpers unter dem Kleid bewusst mit dem Höschen und dem BH (die würde sie vielleicht anbehalten). Doch genau in diesem Augenblick tauchte zum Erstaunen aller ein anderes Mädchen aus dem Inneren des Hauses auf. Sie kam durch die Schiebetür, weihevoll ein Glas mit einem sprudelnden Getränk haltend, dessen Eiswürfel sie mit einem gebogenen Plastikhalm umrührte, während sie daran sog. Sie war schlank und hochmütig, mit einer langen schmalen Nase und einem leichten Silberblick, und sie trug einen Sarong. Ihr kastanienbraunes Haar fiel in symmetrischen Wellen bis über die Hüften, als sei es zu einem Zopf geflochten gewesen und dann gelöst worden.

»Sie kann sich meinen alten Badeanzug borgen, wenn sie will«, sagte das Mädchen im Bewusstsein, männliche Pläne zu durchkreuzen, die unter ihrer Würde lagen.

Nigel sprang auf von seinem Sessel, einem aufgehängten Rattankorb, der wild ins Schwingen geriet. »Fiona! Seit wann bist du hier? Wie bist du reingekommen? Und was um alles in der Welt trinkst du da?«

»Wodka«, sagte Fiona. »Und reingekommen bin ich, während ihr weg wart, weil du Idiot es nicht geschafft hast, hinter dir zuzuschließen. Du lieber Gott, Nige, ich hätte auch ein Einbrecher sein können! Ich habe dann tief geschlafen, bis ihr hier einen solchen Lärm veranstaltet habt. Außerdem ist der Pool ein ekelhafter Morast – das zu verhindern, wäre deine Aufgabe gewesen, nicht? Hi, Daniel und Paddy. Und hi, Dingsbums. Mein Badeanzug ist in der Kommode in meinem Zimmer, wenn du willst.«

Fiona war Nigels jüngere Schwester, sie war achtzehn und eben allein aus Südfrankreich zurückgekommen auf dem Weg in die Schauspielschule. Sie machte es sich mit ihrem Drink unter einem orangefarbenen Schirm am anderen Ende der Terrasse bequem, als suchte sie Distanz zu ihrem Bruder und seinen Freunden. Doch dank ihrer neuen Intuition durchschaute Jane, dass Fiona sich dorthin setzte, weil sie dadurch die ganze Zeit in Daniels Blickfeld war, wenn sie gähnte, sich reckte, tat, als würde sie sich in der Sonne aalen, und dabei durch den Schlitz im Sarong ihre Beine zur Schau stellte.

In Fionas Badeanzug (der bei ihr sehr spack saß) schwamm Jane in dem kurzen Pool hin und her, kräftig kraulend, mit dem Gesicht im Wasser, dann hoch zum Ausatmen, wie sie es gelernt hatte, wobei der ganze Müll (ledrige nasse Blätter, ersoffene Schmetterlinge und Schnaken, ein leeres Zigarettenpäckchen) immer wieder gegen ihre Brüste, Lippen und Knie stieß. Keiner kam zu ihr in den Pool. Das hatte sie auch nicht anders erwartet. Sie hatte sofort akzeptiert, dass sie genau in dem Moment, da die Blicke aller Jungs auf sie gerichtet waren, von dem älteren, hübscheren, weltgewandteren Mädchen besiegt worden war. (Dennoch kriegte sie das Wort »verzagt« nicht aus dem Kopf, auf das sie in einem Gedicht in der Schule gestoßen war.) Sobald sie aus dem Wasser käme, würde sie Paddy bitten, sie zu einer Bushaltestelle zu fahren und ihr das Geld für die Heimfahrt zu leihen. Sie würde ihn nach seiner Adresse fragen, damit sie es ihm zurückzahlen könnte; von ihrem Taschengeld, denn nie sollten ihre Eltern erfahren, wo sie gewesen war.

Sie stemmte sich aus dem Pool und stand triefend da, traute sich nicht, um ein Frottiertuch zu bitten.

Die anderen besprachen einen Ausflug zum Pub im nächsten Dorf. Jane war in ihrem Leben noch nie in einem Pub gewesen, aber sie war sich sicher, dass es irgendwo im Dorf eine Bushaltestelle geben würde.

»Los, gehen wir«, sagte Fiona ungeduldig. In einer halben Stunde würde das Pub bis zum Abend dichtmachen.

»Wir passen nicht alle ins Auto«, sagte Nigel besorgt.

»Doch, wenn wir uns festhalten. Das wird lustig. Komm schon, Paddy.«

Paddy stand gehorsam auf und steckte das Buch hinten in die Hosentasche. (Es war Hermann Hesses *Steppenwolf*.) Er machte sich auf die Suche nach Schuhen. Plötzlich bemerkte Fiona Jane. »O Gott, die hat ja immer noch diesen Badeanzug an. Kannst du nicht einfach dein Kleid drüberziehen?«

Noch immer triefend blickte Jane stumm an sich herunter.

Daniel lag nach wie vor ausgestreckt auf einem Liegestuhl. Er hatte Jane zugeschaut, wie sie mit regelmäßigen Zügen im Pool geschwommen war, sich selbstvergessen dem Rhythmus hingegeben und dabei nicht mehr darum gekümmert hatte, ob jemand ihr zusah oder nicht. Er hatte dabei den Eindruck gehabt, tief in ihre Gefühlswelt blicken zu können: schicksalsergeben, äußerst sensibel und für alles offen. Gleichzeitig war er sich bewusst, wie sehr Fiona darum bemüht war, seine Aufmerksamkeit auf sich zu ziehen: Zwischen ihnen war einmal etwas gewesen, das wiederzubeleben er sich hütete, damit sie sich ja nicht einbildete, irgendwelche Rechte auf ihn zu haben. Außerdem ging ihm ihr blasierter, herrischer Ton an diesem Nachmittag auf die Nerven. Ihre aufgesetzte Weltgewandtheit kam ihm kindisch vor, und der über dem Sarong hartnäckig immer wieder entblößte flache, braune Bauch ließ ihn kalt.

»Geht ihr voraus«, sagte er. »Jane muss sich noch umziehen. Ich warte auf sie und komme dann mit ihr zu Fuß nach.«

Fiona konnte ihre säuerliche Enttäuschung nicht verhehlen, doch sie hatte zu laut zu viel Gewicht darauf gelegt, wie dringend sie ins Pub müsse, als dass sie jetzt einen Rückzieher hätte wagen können. Jane schaute besorgt zwischen den beiden hin und her. »Lass nur«, sagte sie, »du brauchst nicht auf mich zu warten.«

»Was hast du vor, Daniel?«, fragte Fiona mit einem ungnädigen Lachen.

Daniel hielt der Sonne wegen die Augen zugekniffen, während die anderen stritten und sich bereit machten; Jane ging hinein, um sich umzuziehen. Als er hörte, wie sich das Auto auf der Straße entfernte, folgte er ihr ins Haus, wobei ihn nach dem grellen Sonnenschein draußen der Flickenteppich aus Licht und Schatten zunächst etwas verwirrte. Er stand am Fuß der offenen Treppe und horchte, sein Atem bewegte die im Sonnenlicht tanzenden Stäubchen kaum. Das Haus war vollkommen still, als wäre es leer, doch er war sich des Mädchens bewusst, das irgendwo oben stand, ebenso still, und nach ihm horchte. Entsprechend vielsagend war der Moment, als Daniel den Fuß auf die unterste Treppenstufe setzte und, den Frieden störend, nach oben strebte.

Er fand Jane in Fionas Zimmer, wo sie ihr Kleid gelassen hatte; sie steckte immer noch in dem nassen Badeanzug, hatte aber schamhaft die Jalousie heruntergelassen, sodass er sie in einem rosa Dämmerlicht warten sah. (Sie hatte sich plötzlich davor gefürchtet, nackt zu sein, sollte er auf der Suche nach ihr auftauchen). Als er sie küsste (der erste Kuss ihres Lebens), kam ihr sein Mund glühend heiß vor, da ihr eigener Mund vom Wasser und vor Angst ganz kalt war. Sie fühlte sich klamm von Kopf bis Fuß. Als Daniel sie aus dem nassen Badeanzug zu schälen versuchte, verschlang dieser sich zu einem gummiartigen eng anliegenden Knoten, weshalb sie krempelnd und zerrend mit anpacken musste. Nachdem sie ihn von sich geschleudert hatte, ließen sie ihn liegen, und seine Feuchtigkeit sickerte in Fionas roten Teppich.

Den feuchten Fleck auf ihrem Teppich entdeckte Fiona später, und sofort erriet sie (ihr hatte schon etwas geschwant), was für eine Geschichte dahintersteckte; ja einen entrüsteten Moment lang dachte sie sogar, sie hätten es auf ihrem Bett getan. Doch das war unberührt – na, immerhin. Daniel musste Jane in das Gästezimmer gebracht haben, wo er und Paddy schliefen. Doch jetzt war es später Nachmittag, und Jane rief von einer Telefonzelle im Dorf zu Hause an. (Nigel wollte nicht, dass das Telefon bei ihm daheim benutzt wurde, um zu verhindern, dass seine Eltern sich über die Telefonrechnung beschwerten.) Daniel wartete auf Jane, ohne mithören zu wollen, wie sie sich herausreden würde. Gegen die Telefonzelle gelehnt, rauchte er und blickte dabei hoch in den immer noch makellos blauen Himmel, der nun ein bisschen blasser zu werden begann. Während Jane mit ihrer Mutter sprach und ihr überzeugend klingende gewöhnliche Wörter entströmten, als wäre sie noch ihr altes Ich, presste ihr neues Ich die freie Hand flach gegen die dicke Glasscheibe, an deren andere Seite wundersamerweise Daniel in seinem blauen Hemd gelehnt war, ohne etwas von Janes Berührung zu ahnen. (Sie kannte mittlerweile Daniels langen, von Wirbeln gewellten Rücken in seiner braun gebrannten Nacktheit.) Noch lange danach vermochte der Geruch dieser alten roten Telefonzellen – nach Muff, Pilzen und einem Hauch von Urin – Janes Herz vor erotischer Erregung schneller schlagen zu lassen.

Die Stimme ihrer Mutter hörte sich gelassen an: Sie hätten sich schon gefragt, wo sie sein könnte.

»Ich sagte Daddy, du seist vermutlich irgendwo Tischtennis spielen gegangen.«

»Ich bin bei Alison«, sagte Jane, »Alison Lefanu. Die vom Jugendorchester, erinnerst du dich? Waldhorn. Darf ich bei ihr übernachten? Das mit der Zahnbürste und einem Pyjama ist kein Problem. Ihre Mutter sagt, ich kann was von ihnen haben.«

Mrs Allsop, die erfreulicherweise nicht ganz bei der Sache war, ließ Mrs Lefanu herzlich grüßen. »Wohnen die Lefanus nicht in Headley draußen? Bist du so weit zu Fuß gegangen?«

»Ich war auf dem Weg ins Dorf, da sind sie vorbeigefahren und haben mich mitgenommen.«

Jane dachte, werde ich je wieder mein Zuhause sehen? Es kam ihr unwahrscheinlich vor.

»Benimm dich anständig«, sagte ihre Mutter. »Iss, was auf den Tisch kommt, auch wenn es Blumenkohl ist.«

Mittlerweile schwatzten alle draußen auf der Terrasse in einem Abendlicht, das zähflüssig wie Sirup war; Insektenschwärme ballten sich über dem japanischen Wasserspiel, Schwalben flitzten dicht über dem Boden dahin, irgendwo sang eine Amsel. Sie tranken den von Jane geklauten Wein und den

Whisky; dann begannen die Jungs mit einer Nadel und kleinen Fläschchen Methamphetamin herumzumachen, die Paddy aus seinem Zimmer geholt hatte.

»Nicht hinschauen, das ist nichts für anständige Mädchen«, sagte Daniel zu Jane, die gehorsam die Augen schloss. Die männerbündlerische Art, wie die Jungs über dem Zeremoniell die Köpfe zusammensteckten – ihre Vertrautheit und Ernsthaftigkeit –, erschreckte Fiona und erboste sie noch mehr als der feuchte Fleck auf ihrem Teppich. Sie ging ins Haus und machte mit Getöse sauber: Sie spülte das Geschirr, schrubbte Herd und Küchenboden, riss die Fenster auf und ließ nach der Leerung der Aschenbecher den Deckel des Mülleimers scheppernd zufallen. Sie schüttelte die Tischsets aus und ließ sie über den Köpfen der Jungs auf der Terrasse wie Peitschen knallen. Im Lauf der Arbeit legte sich ihre Verbitterung, und ihre Stimmung änderte sich. Sie begann ihre Kraft zu genießen und den anderen gegenüber heitere Gelassenheit zu empfinden. Wenn die Freunde ihres Bruders sich zudröhnen wollten, konnte das ihr ja egal sein. Sie dachte an die Schauspielschule. Später wärmte sie Büchsensuppe auf und brachte Käse und Cracker für alle hinaus. Mittlerweile war es dunkel geworden, und das einzige Licht stammte von den Lampen, die sie im Haus angemacht hatte.

Daniel versuchte zu erklären, wie im hinduistischen Vedanta die Seele begriffen werde. Seine Ausführungen wurden gegliedert durch das Klacken des Shishi odoshi im Garten: Sowie das Bambusrohr voll Wasser war, kippte es, sich ergießend, nach vorn und schlug beim Zurückfallen geräuschvoll gegen einen Stein. Daniel versuchte darzulegen, dass der Ursprung der Seele in Ganzheit und Licht liege, doch bei ihrem Eintritt in die Welt werde sie durch Gewalt und Fäulnis beschmutzt. Die in einem Individuum gefangene Seele vergesse ihre Heimat und verzweifle; doch gehöre Verzweiflung nur zu den Illusionen, von denen man sich befreien müsse. Er meinte, Revolution sei eine Art Säuberung, die in einer immerwährenden Gegenwart ihre eigene Unsterblichkeit übertrage. Kunst müsse revolutionär sein, sonst sterbe sie mit der Zeit. Er hatte beim Reden das Gefühl, ungeheuer eloquent zu sein, doch tatsächlich war es inkohärentes Gewäsch.

Paddy, der so ungefähr verstand, was gemeint war, zitierte mit ironischem Unterton:

»Gehörte Melodien sind süß, doch ungehörte süßer.«

»Signor Keats, wenn ich mich nicht täusche«, sagte Nigel.

»Oh, der Dichter«, sagte Jane. »Seine Büste steht bei uns zu Hause auf dem Klavier.«

Sie saß im Schneidersitz auf einem Kissen zu Daniels Füßen, leicht an ihn gelehnt, als könnte sie die Spannung erden, die seinen rechten Fuß auf seinem linken Knie zittern ließ. Seine Intelligenz schien so unermüdlich zu funktionieren wie eine Maschine. Jane hatte sich ganz auf die Stimmen der Jungs eingeschwungen, die sich von Ernsthaftigkeit zu Spott und zurück bewegten, allerdings nahm sie weniger das Gesagte wahr als das, wodurch es angetrieben wurde: Hochdruck und ein Gerangel darum, sich zu produzieren. Sie sah, wie erfolglos Nigel mit den beiden anderen wetteiferte und wie sehr er darunter litt, da er sich nach Daniels Anerkennung sehnte. Sie selbst wiederum war erfüllt von ihrem neuen Wissen, nicht in Form von Gedanken, sondern von überwältigenden Gefühlen. Was sie an diesem Nachmittag in dem fremden Bett erlebt hatte, war nicht sonderlich erfreulich gewesen: Im Vorfeld hatte sie Lust verspürt, die sie beinahe ohnmächtig werden und alles vergessen ließ, doch dann hatte sie sich zu viele Sorgen gemacht wegen der unbeholfenen Angelegenheiten, die, wie sie (aus dem Biologieunterricht) wusste, folgen würden. Beim Gedanken daran schwanden ihr vor Lust dennoch beinah die Sinne, und sie konnte kaum erwarten, dass Daniel sie erneut berühren würde.

Als sie aber zu Bett gingen, war Daniel plötzlich erschöpft: Mit gekrümmtem Rücken und in Unterhose kroch er zwischen die Laken, wandte sich von Jane ab zum Fenster und murmelte: »Pass auf mich auf.«

Und so hatte sie in der Stille der Nacht stundenlang treu Wache gehalten, als Hüterin des Geheimnisses ihres veränderten Lebens, und in dem schmalen Bett ihren Körper der gebieterischen Wölbung seines Rückens und seiner Beine angepasst. Doch dann konnte sie nicht mehr und schlief ihrerseits ein. Als sie am Morgen erwachte, war Daniel nicht mehr da. Als er nach einiger Zeit immer noch nicht aufgetaucht war, zog sie ihre Unterwäsche und ihr Kleid an und machte sich im Haus auf die Suche nach ihm. Unten roch sie Paddys Schweiß und sah auf dem Sofa im Wohnzimmer sein zerzaustes Haar aus dem Schlafsack lugen. Nigel machte draußen einen Höllenlärm mit der Schiebetür der Garage, wo er nach dem Netz für den Swimmingpool suchte. Jane ging wieder die Treppe hoch. Das Schlafzimmer von Nigels Eltern lag im ersten Stock, wo sie stand, auf der Vorderseite des Hauses. Die Tür war halb offen, und Jane glitt lautlos hinein.

Es war ein wunderschönes Zimmer, wie sie noch nie eines gesehen hatte, mit einem hellen Holzboden, weißen Wänden und cremefarbenen Schaffellen als Teppiche. Frisches Sonnenlicht, das durch die Fenster auf der ganzen Länge des Zimmers hereinfiel, wurde von den verspiegelten Türen der Einbauschränke reflektiert; die Gardinen aus durchsichtigem rohen Leinen waren überlang, sodass sie sich auf dem Boden bauschten. Ein Riesenbett schien aus nichts als weißen Laken, ohne Wolldecken, zu bestehen (Jane hatte noch nie eine Steppdecke gesehen). In dem Bett, dessen Decke sie von sich gestrampelt hatten, schliefen Daniel und Fiona nackt, die Gesichter voneinander abgewandt, die schlanken, gebräunten Beine ineinander verschlungen. Jane, die im Geschichtsunterricht von den Griechen gehört hatte, fand, es sehe aus wie eine klassische Szene: junge Krieger, gefallen im Kampf. Sie zog sich, ohne sie zu wecken, so still aus dem Zimmer zurück, wie sie es betreten hatte.

Ein sichtlich strapazierter Nigel war in Unterhose dabei, eine Zigarette zu rauchen und den Pool abzufischen, wobei er den Inhalt des Netzes neben sich auf einen nassen Haufen kippte. Er schaute zu, wie Jane sich an den Rand des Pools stellte und mit trockenen, heißen Augen hineinstarrte.

»Jetzt weißt du's«, sagte er.

Doch sie lehnte sein Angebot, in unerwiderter Liebe Schicksalskameraden zu sein, ab. Was sie erlebte, hatte kein anderer erlebt. Sie fragte bloß, ob er sie nach Hause fahren würde; er sagte, er hole das Auto heraus, sobald er mit dem Pool fertig sei.

»Ich möchte jetzt gehen«, sagte sie knapp und klang dabei wie ihre Mutter, »wenn es dir nichts ausmacht.«

Unterwegs sprachen sie kaum, abgesehen von der Wegbeschreibung, um die Nigel sie bat, als sie sich ihrem Elternhaus näherten. Jane war so tief in Gedanken versunken, dass sie nicht auf den Weg achtete, weshalb sie hinterher keine Ahnung hatte, wo Nigels Haus war. Sie sah es nie wieder, auch keinen der Jungs (Fiona, vielleicht einmal, auf einer Party).

Er ließ sie unten an der Einfahrt aussteigen. Es war noch ziemlich früh am Morgen, erst neun. Jane blickte sich um, als hätte sie das Anwesen noch nie gesehen, als wäre es mysteriöser als alles, wo sie je gewesen war: der aufgewühlte Dreck am Straßenrand, die vermoosten alten Torpfosten, Amseln, die in den vertrockneten Blättern unter der Hecke raschelten, die harten hellgrünen Früchte des Milchorangenbaums, im Staub ihre unversehrten Fußspuren vom Vortag, der Jokarischläger dort, wo sie ihn fallen gelassen hatte.

Ihre Mutter schien nicht erstaunt, sie so früh schon zu sehen.

»Hast du es schön gehabt, Schatz?«

Jane sagte, es habe Spaß gemacht. Doch am selben Nachmittag hatte sie Magenschmerzen und litt an Blähungen (»Was genau hast du bei den Lefanus gegessen?«). Am nächsten Tag bekam sie ihre Periode früh und heftig – dies hätte sie erleichtern sollen, tat es aber nicht, da sie (dem Biologieunterricht zum Trotz) keine Sekunde lang daran gedacht hatte, dass sie schwanger sein könnte. Es gab auch einen Wetterumschwung. Deshalb sprach nichts dagegen, dass sie sich mit einer Wärmflasche unter ihre Daunendecke kuschelte, in ihren Chalet-School-Büchern schmökerte und ab und zu aufblickte zum Regen, der das Fenster hinabrann. Ihre Mutter brachte ihr Tee mit zwei Zuckerstücken und Aspirin.

Jane erzählte nie jemandem, was ihr passiert war (nicht einmal, Jahre später, ihrem Freund, der danach ihr Mann wurde und sich darüber vermutlich Gedanken gemacht hatte). So richtig verarbeitete sie diese Erfahrung nie, vergaß sie aber auch nicht. Als Erwachsene übernahm sie die Tory-typische Missbilligung von Drogen, Jugendkriminalität und Sex unter Minderjährigen, ohne zu sehen, wie diese Einstellung sich in ihrem eigenen Fall ausgewirkt haben könnte. Sie fürchtete um ihre Töchter, wie das bei Müttern üblich ist, ohne diese Befürchtungen in Verbindung zu bringen mit dem, was ihr selbst passiert war. Ihre frühe Initiation blieb in einem abgekapselten Bereich ihrer Gedanken und schien keine Auswirkungen und Folgen zu haben.

Jane und ihr Mann ließen sich scheiden, als sie Mitte fünfzig waren, und ihre Freundinnen rieten ihr zu einer Therapie. Die Therapeutin war eine nette, intelligente Frau. (Tatsächlich ärgerte sie sich über Jane und deren schwerfälliges, geduldiges Leiden, ihre teuren Kleider, ihre Phantasielosigkeit, ihre mädchenhafte Art, sich das Seidenhalstuch über eine Schulter zu werfen. Doch natürlich war sie viel zu professionell, um sich das anmerken zu lassen.) Jane beschrieb, immer das Gefühl gehabt zu haben, auf der falschen Seite einer Abschrankung zu sein, die sie von dem richtigen Leben trenne, das sie eigentlich führen sollte.

»Wie ist es denn, dieses richtige Leben auf der anderen Seite?«

Stockend beschrieb Jane einen Sommertag an einem Swimmingpool. Ein langes, von Sonnenlicht durchflutetes Zimmer mit weißen Wänden und einem weißen Bett. Ein Lüftchen weht; lange weiße Gardinen bauschen sich träge auf einem hellen Holzboden. (Die Phantasien solcher Frauen, dachte die Therapeutin, haben mehr mit Inneneinrichtung als mit unterdrückten Gelüsten zu tun.) Dann kam Jane jedoch in Fahrt, und ihre Erzählung wurde interessanter. »Ein Junge und ein Mädchen«, sagte sie, »schlafen nackt in dem Bett. Ich kuschle mich auf den Teppich am Boden neben sie. Der Junge dreht sich im Schlaf um, streckt den

Arm aus, und seine Hand hängt auf den Boden. Ich glaube, er sucht die Kühle unter dem Bett. Ich bewege mich vorsichtig auf meinem Teppich, damit ich ihn nicht wecke. Ich bewege mich so, dass seine Hand mich berührt.«

So ist's besser, dachte die Therapeutin. Das ist immerhin etwas.

Was Daniel betrifft, nun, der studierte Jura nach seinem Abschluss in Literatur. Kurz nach der Universität kam er vom Alkohol und den Drogen weg. (Paddy nicht; er starb.) Daniel lebt heute in Genf mit seiner zweiten Frau, die er sehr liebt; gelegentlich, wenn seine anständigen Schweizer Freunde ihn langweilen und er sie schockieren möchte, erzählt er Geschichten aus seiner wilden Jugend. Sein Gebiet sind internationale Menschenrechte; er kämpft fürs Gute. Außerdem ist er ein guter Ehemann und Vater (sein Engagement hat auch mit der Wildheit seiner Vergangenheit zu tun). Selbstverständlich ist er ehrgeizig, und er mag Macht.

Er kann sich kaum erinnern an Nigel und Nigels Elternhaus in diesem Sommer und an Fiona (sie hatten danach ein paar Monate lang eine On-Off-Beziehung). Doch an Jane erinnert er sich überhaupt nicht mehr. Selbst wenn er ihr durch ein Wunder begegnen und sie ihn erkennen und die ganze Geschichte erzählen würde (was ihr nie in den Sinn käme), würde ihm das nichts in Erinnerung rufen. Vergessen hat er es nicht nur wegen des Alkohols und der Drogen. Er hat auch zu viel Glück gehabt im Leben, zu viele Erfahrungen gemacht; ihm ist das Gespür abhandengekommen, dank dem er den Geruch des Schinkens in dem Laden beschwören könnte, die Nässe des Badeanzugs, die kalte Haut des Mädchens und ihre Naivität, ihre vorbehaltlose Hingabe, und dann die Gardinen, die im Morgenlicht über den Boden gleiten. Das ist alles einfach weg.

William Boyd

Frau mit Hund am Strand

*Das wirkliche und interessanteste Leben
eines jeden Menschen spielt sich heimlich,
gleichsam unter dem Mantel der Nacht ab.*

Anton Tschechow

Aus irgendeinem Grund beschloss Garrett
Rising, als er zwanzig Meilen aus Boston
heraus war und Richtung New York fuhr, dass er
unbedingt den Ozean sehen musste. Er hatte Sehn-
sucht nach dem weiten Horizont, nach dem Rau-
schen der Brandung, so sehr, dass ihm alles andere
gleichgültig wurde. Er wusste, es würde ihn beruhigen, also bog er vom Highway ab und fuhr ost-
wärts zum lockenden Zeigefinger von Cape Cod.

Als Kind war er einmal dort gewesen, mit zehn
oder elf, als die Familie Rising für drei Sommer-
wochen ein Haus in Provincetown gemietet hatte.
Er erinnerte sich dunkel an das senfgelbe Haus, an
klemmende Fenster, an die ewigen Wutanfälle seines Vaters, die friedliche Bucht gegenüber der Stadt

und an den tosenden Ozean auf der anderen Seite, jenseits der Dünen.

Als er in Orleans zum Tanken hielt, durchfuhr ihn ein leichtes Zittern der Erregung. Bedachte er sein Problem, diese erneute Enttäuschung, tat er gerade etwas Spontanes – und zweifellos auch Dummes –, aber das war ihm egal, und außerdem, wem schadete er schon damit. Er wusste nur, dass er jetzt nicht einfach nach New York zurückkonnte – er brauchte den Trost der Wellen.

Garrett Rising war ein hochgewachsener, agiler Mann mit breiten Schultern, schon mit kleinem Bauchansatz, aber schließlich war er einundvierzig, so alt wie das Jahrhundert, daran war nicht zu rütteln. In seinem blonden Haar zeigten sich graue Strähnen, und er hatte eine kleine, feine Nase mit auffallend weiten Nasenflügeln. Viele Frauen hatten ihm versichert, dass sie diese kleine, feine Nase bemerkenswert fanden.

»Toller Film«, sagte der Tankwart, der ihm das Wechselgeld gab und mit dem Kopf auf das Kino gegenüber zeigte: Das Rio, so hieß es. In geschwungenen kirschroten Neonlettern zog sich der Name quer über die Fassade. Der Film, der lief, hieß *Scarlet Autumn*.

»Ach, ja?«, sagte Garrett. »Muss ich mir mal ansehen.«

»Sie werden es nicht bereuen.«

Garrett fuhr weiter. Er hatte South Wellfleet hinter sich gelassen, als er langsam müde wurde und das Schild sah: »Pamet River Inn, nächste Straße rechts, Ozeanblick, Premium-Zimmer.« Er bog ab und holperte über eine zerfurchte Straße bis zu einer großen weißen holzverkleideten Villa mit Vorbau, gekiestem Wendekreis und kleinen Sommerhütten zu beiden Seiten, die durch einen überdachten Weg verbunden waren. Die Anlage wurde durch einen grasigen Strandhügel vom Ozeanwind abgeschirmt, und im Schatten des Hügels befand sich ein kleines Wäldchen aus Krüppelkiefern. Als Garrett aus dem Wagen stieg und seinen Koffer aus dem Kofferraum zog, hörte er das beruhigende Tosen der Brandung, und nach Süden hin sah er die Mittagssonne hart und silbrig auf der rauen See glitzern.

Er meldete sich an, ein Page trug seinen Koffer zu einem abgelegenen »Cottage«, wie diese Hütten jetzt hießen, und zeigte ihm die Räumlichkeiten. An diesem Freitag im April sei es im Hotel sehr ruhig, erklärte er, nur drei Gäste, und das Restaurant sei bis zum Ferienbeginn nur samstagabends und sonntagmittags geöffnet. Garrett gab ihm fünf Dollar und bat ihn, eine Karaffe Whisky zu bringen. Er machte eine Runde durch das Zimmer und öffnete die Vorhänge, um das klare, helle Licht hereinzulassen. Es gab eine gepflegte Küche mit Herd, Spüle und Eisschrank, ein Bad, und außer dem Doppelbett standen im Zimmer noch zwei Sessel mit Couchtisch. Die Wände waren weiß und schmucklos – bis auf einen alten Kupferstich mit ausgemergelten Puritanern, die gerade ein Versteck mit Maiskolben unter einer Indianerdecke im Gebüsch entdecken. Hier könnte man leben, dachte Garrett, bequem und sorglos, alles da, was der Mensch braucht, und bei der Vorstellung durchfuhr ihn wieder eine leichte Erregung. Er war froh, hier abgestiegen zu sein, aber er würde erst zu Hause anrufen und Bescheid sagen, wenn man ihm den Whisky gebracht hatte.

Er griff nach dem gestrigen *Globe*, den jemand auf dem Couchtisch hinterlassen hatte, und las die Schlagzeilen zu den Bombenangriffen der Nazis auf London, Hunderte Tote und Verletzte. In London war er nur ein Mal gewesen, 1932, auf dem Weg nach Hamburg, als Sean Kavanaugh ihn nach Deutschland geschickt hatte, um die zwei Reiner-Hoffmann-Druckmaschinen zu einem Spottpreis zu kaufen. Mit seinen amerikanischen Dollars war er dort ein reicher Mann gewesen, erinnerte er sich, so reich wie in Deutschland hatte er sich nie wieder gefühlt. Auf der Rückreise hatte er in London im Hyde Park Hotel übernachtet, und er fragte sich kurz, ob auch das Hotel von den Bomben getroffen worden war. Er dachte an das Mädchen, das er damals mit aufs Zimmer genom-

men hatte. Ein Pfund zehn Schilling hatte sie verlangt. Wie viel war das? Zehn Dollar? Eine ganz
Süße – wie hieß sie gleich? Kitty? Mary? Bei
Hotelzimmern dachte er immer an Sex, was nicht
sonderlich überraschend war, wie er sich in einer
kurzen Aufwallung von Scham bewusst wurde:
Schon seit einiger Zeit schien sich Sex für ihn nur
noch in Hotelzimmern abzuspielen.

Der Whisky kam, er trank ein wenig, bevor er
seine Frau in New York anrief, um ihr mitzuteilen,
dass sich seine Pläne geändert hätten und er unterwegs übernachten müsse.

»Hast du den Vertrag?«, fragte Laura.

»Wir haben es fast geschafft«, log er. »Nur noch
ein paar Kleinigkeiten.«

»Gott sei Dank. Hast du Daddy angerufen?«

»Das mache ich am Wochenende. Er hat sich aus
dem Geschäft zurückgezogen, das weißt du doch.«

»Er möchte aber informiert sein, er will nach wie
vor …«

»Also, ich mache unterwegs Station. Sag ihm,
dass ich länger bleibe, um die Details zu regeln.«

»Wie lange?« Laura konnte den Argwohn in ihrer
Stimme nicht verhehlen.

»Ich bin morgen zurück.«

»Wo übernachtest du?«

»Ich weiß noch nicht. Ich rufe von einer Telefonzelle an. Irgendwas werde ich finden.«

»Aber nicht so teuer. Wir können uns nicht leisten ...«

»Wie geht's Joanna?«

»Joanna hat wieder Kopfschmerzen. Ich habe den Arzt gerufen. Sie hat keinen Appetit.«

Garrett hörte sich die verschiedenen Krankheitssymptome seiner Tochter an, verabschiedete sich und legte auf. Seine Tochter war achtzehn, und seit ihrer Geburt schien sie immer an irgendetwas zu leiden. Wie konnte man so krank sein, ohne dass ein Arzt eine Ursache dafür fand? Ihre Mutter machte zu viel Getue um sie, immer dieses unnütze und endlose Getue, so etwas musste einen ja krank machen. Garrett versuchte diese Gedanken abzublocken – spürte jedoch den Ärger hochkriechen. Er griff nach seinem Hut: Zeit, dem Meer zu lauschen.

Der Strand war menschenleer. Die Sonne verbarg sich hinter Wolken – das Licht war grau geworden und ließ das Seegras auf den Dünen dunkel wie Moos erscheinen. Der Wind peitschte seine Krawatte; er musste sich umdrehen und die Hände eng um das Streichholz schließen, um seine Zigarette anzuzünden. Er dachte daran, wie ihm der alte Mr Foley die Nachricht beigebracht hatte: sehr schonend, das ließ sich nicht bestreiten, und er hatte ihm eine Dreimonatsfrist eingeräumt. »Foley und McBride werden den Vertrag nicht verlängern, Garrett, es tut mir sehr leid.«

Garrett starrte mit leerem Blick zum Horizont und versuchte die Auswirkungen auf die Firma abzuschätzen. Seiner Rechnung nach bestand das Geschäft zu siebzig Prozent aus dem Druck von Reiseführern für Foley und McBride – allein von den Reiseführern für Los Angeles hatten sie 30 000 Exemplare geliefert. Fünfzehn Jahre lang waren sie die Druckerei für Foley und McBride gewesen. Es würde zu Entlassungen kommen: Pauly, Tom Reed, Tom Harbinger …

Er hörte ein schrilles, japsendes Kläffen hinter sich, drehte sich um und erblickte einen kleinen weißen Hund mit hochgerecktem Schwanz und einer dicken Fellkrause um den Hals, der an einem Seetanghaufen herumschnüffelte. Die Leine zog er lose hinter sich her. Dann ein Schrei, etwas entfernter. Mit dem Blick folgte er der Biegung des Strandes und entdeckte ein Stück weiter eine Gestalt, die mit beiden Armen winkte und etwas rief. Er hörte nur die Worte »Mister, bitte …«, der Rest wurde vom Wind verschluckt.

Garrett näherte sich dem Hund und hob die Leine auf. Der Hund knurrte und schnappte nach ihm. Was ist das für ein Köter?, dachte er. Ein kleiner weißer Wutbolzen.

Die Gestalt kam näher, sie trug eine rostrote Windjacke und eine halblange beige Leinenhose. Es war eine Frau.

»Vielen, vielen Dank«, sagte sie. Ihr dichtes braunes Haar war zu einem losen Pferdeschwanz gebunden. Sie hatte ein markantes knochiges Gesicht und eine tiefe Stimme, eine Stimme voller Selbstgewissheit – der Selbstgewissheit des Geldes, dachte er, während sie ihm geradezu überschwänglich dafür dankte, dass er ihren garstigen, ungezogenen, verwöhnten kleinen Strolch eingefangen hatte. Als er ihr die Leine reichte, sah er die Goldringe mit den bunten Steinen an ihren Händen. Ihr Alter war schwer zu bestimmen, ein bisschen jünger als er. Nicht so starren.

»Was ist denn das für eine Rasse?«, fragte er.

»Das ist ein Zwergspitz.«

»Ach ja, richtig.«

»Hätten Sie eine Zigarette für mich? Ich würde töten für eine Zigarette!«

Er hielt ihr die Packung hin, sie nahm eine, und beide stellten sich mit dem Rücken zum Wind, um sie anzuzünden, wobei sich ihre Schultern ein- oder zweimal berührten.

Sie musterte ihn lächelnd. »Ich konnte es nicht glauben, als ich einen Mann mit Hut und Dreiteiler am Strand stehen sah. Ist das eine Fata Morgana, dachte ich, eine Erscheinung?«

»Ich wohne in dem Hotel da drüben.«

»Im Pamet? Mein Gott, so weit bin ich gelaufen? Wie sind denn dort die Zimmer?«

Sie gingen zusammen zum Hotel, weil sie telefonieren wollte, um sich aus Truro einen Wagen schicken zu lassen, der sie zurückbringen sollte, wie sie sagte. Ihr garstiges Hündchen heiße Euclid, erklärte sie, obwohl es einen so intelligenten Namen gar nicht verdient habe.

»Ich heiße Garrett Rising«, sagte er und streckte ihr die Hand hin.

Sie schüttelte ihm die Hand. »Anna ...«, sagte sie, zögerte kurz und nannte einen Nachnamen, den er nicht genau verstand. Demonserian? Staufferman? Es kam ihm unhöflich vor nachzufragen, also bot er ihr stattdessen an, sein Zimmertelefon zu benutzen.

Nachdem sie angerufen hatte, lief sie in seinem kleinen Cottage umher und sah sich neugierig um. Sie lachte über den Kupferstich, öffnete den Reißverschluss ihrer Windjacke, zupfte zerstreut ein paar Wollfussel von ihrem cremefarbenen Pullover und ließ sie behutsam in den Papierkorb fallen. Euclid machte es sich auf dem Bettvorleger bequem, vollkommen besänftigt.

»Sie haben hier alles, was ein Mann so braucht«, sagte sie und betrat die Küche.

Außer einer Frau, dachte Garrett automatisch, und im selben Moment, da ihm das Verlangen nach einer Frau bewusst wurde, begehrte er *diese* Frau, diese hochgewachsene, schöne, selbstbewusste

Anna stärker, als er irgendwen oder irgendwas seit Jahren begehrt hatte. Und da sich derlei Gefühle unwillkürlich und instinktiv von Mann zu Frau und von Frau zu Mann zu übertragen scheinen, sah er, wie Anna zögerte, den Eisschrank schloss und sich zu ihm umdrehte. An ihren amüsiert hochgezogenen Brauen, an der kaum wahrnehmbaren Verengung ihrer Augen erkannte er, dass sie seine Gedanken erriet, dass sie die winzige, aber entscheidende Veränderung der Atmosphäre bemerkt hatte. Garrett atmete auf. Sie hatten Signale ausgetauscht, wohl oder übel.

»Darf ich Ihnen einen Drink anbieten?«

Er schenkte zwei Gläser Whisky ein – »Nur den Boden bedeckt«, sagte sie –, und als sie miteinander anstießen, dankte sie ihm noch einmal dafür, dass er Euclid eingefangen hatte. Garrett genoss das Brennen in seiner Kehle, das kleine Feuer in seinem Magen, und davon ermutigt, fragte er, ob er sie zum Dinner einladen dürfe.

»Freitags nie«, sagte sie ungerührt. »Freitagabends fahren wir nach Orleans ins Kino. Komme, was wolle. Oh, da ist mein Wagen!«

»Wir?«, fragte Garrett.

»Mein Mann.« Sie lächelte – ein bisschen schuldbewusst, dachte Jarrett. Als wäre sie so einem kleinen erotischen Abenteuer nicht abgeneigt.

»Aber … er ist verreist. Haben Sie vielen Dank,

Mr Rising. Euclid und ich, wir stehen fortan in Ihrer Schuld.« Sie schien sich ein Lachen zu verkneifen. »Komm, Euclid, fahren wir nach Hause.«

»Es war mir ein Vergnügen.«

Garrett schaute ihr nach, während sie den Hund über den Holzsteg zu einem großen glänzenden Packard führte. Der Fahrer öffnete ihr den Wagenschlag, nahm Euclid hoch und setzte ihn auf den Beifahrersitz. Die Frau schaute zurück und winkte, nur eine kurze Handbewegung. Garrett schloss die Tür.

Im Rio, dem Kino von Orleans, lief *Scarlet Autumn*, doch Garrett folgte dem Film nur mit halber Aufmerksamkeit. Seine Gedanken drehten sich um Anna und zwangsläufig auch um die Zukunft der Kavanaugh-Rising Inc. Als die Lichter wieder angingen, blieb er ratlos sitzen, verwundert über die vielen Tränen der Hauptdarstellerin am Ende des Films, und fragte sich, warum das Schicksal so hart mit ihr umgesprungen war. Er erhob sich, setzte den Hut auf und ging langsam den Gang hoch. Anna saß in der letzten Reihe.

»Hi«, sagte er.

»Fahren Sie mich nach Hause?«

Im Auto – sie passierten gerade Wellfleet –, streckte sie die Hand aus und ertastete die harte Wölbung seines Penis durch die Flanellhose.

»Gut«, sagte sie. »Dacht ich mir.«

Als er aufwachte, sah er eine große, zitronengelbe Raute an der Wand. Es war die Sonne, die ihn blendete; als wäre er in einer anderen Welt gelandet, in der es nur Licht und leere Wände gab. Dann stellte er fest, dass die Vorhänge geöffnet waren und die tief stehende Morgensonne den Raum durchflutete. Er richtete sich auf und sah Anna. Sie schlüpfte flink in ihren Rock und zog den Reißverschluss hoch.

»Guten Morgen«, sagte er. »Wie spät ist es?«

»Noch früh.«

»Komm zurück ins Bett.«

»Ich muss los.«

Er zog sich schnell an, und sie liefen zusammen durch die Dünen zum Strand. Sie streifte ihre Schuhe ab und drehte sich zu ihm um.

»Ich bin im Nu zu Hause«, sagte sie. »Danke, Garrett.«

Er küsste sie, und sie stieß ihm die Zunge tief in den Mund, drückte ihn fest an sich. Dann vergrub sie das Gesicht an seinem Hals, und er hörte sie tief einatmen, als wollte sie seinen Geruch in sich aufsaugen. »Es war nett«, sagte sie leise zu seinem Kragen. »Mein Gott, was für ein Wort.«

»Wann sehe ich dich wieder?«

»Das ist verrückt.« Sie boxte ihn sanft gegen den Arm. »Nein, nein, nein. Das würde zu kompliziert. Es ist aus – wir hatten unser Abenteuer.«

Sie verschloss seine Lippen mit zwei Fingern, damit er nichts erwiderte, drehte sich weg und ging, ohne sich umzusehen, am Strand entlang nach – wohin? – Truro, hatte sie gesagt. Kann kein großer Ort sein, Truro, dachte er. Kinderspiel, dich da zu finden.

Tom Harbinger hielt ihm die frischen Druckbögen hin. Garrett starrte über die Straße in ein Büro, wo eine Sekretärin hinter dem Fenster zu sehen war. Die schräge Sommersonne malte ein leuchtend grünes Viereck auf die dunkelgrüne Wand und bestrahlte das Mädchen, das telefonierte. Sieht ein bisschen wie Anna aus, dachte er, jünger, kürzeres Haar, aber ein ähnlich kantiges Gesicht mit hohen Wangenknochen. Er sah Anna vor sich, wie sie den Hörer unters Kinn geklemmt hielt und mit den Ringen an ihren Fingern spielte, als sie ihren Wagen bestellte. Sie –

»Was meinst du?«, fragte Tom Harbinger. »He, Garrett!«

»Was? Klar doch. Sehen prima aus.«

Er unterschrieb den Laufzettel, und Tom nahm die Bögen mit. Komisch, wie es manchmal kommt, sinnierte Garrett – vielleicht schon zum tausendsten Mal. Wir verlieren Foley und McBride, und eine Woche später gewinnen wir Trans-American Airlines. Er hatte sich verloren geglaubt und war gerettet worden. Wohl wahr, Flugpläne waren nicht so interessant wie Reiseführer, aber sei's drum. Er war Drucker – und neue Flugpläne wurden viermal im Jahr gebraucht.

Er ging in sein Büro und rief Laura an. Der Doktor sei der Meinung, Joanna leide an Neurasthenie, erklärte sie, und er habe ihr eine Klinik empfohlen. Natürlich, sagte er, egal, was es kostet. Die Trans-American Airlines hatten ihn saniert. Plötzlich stand ihm das Bild von Anna vor Augen, wie sie ihren BH fallen ließ, um ihre weißen spitzen Brüste zu entblößen, und er bekam weiche Knie. Diese Bilder erschienen völlig überraschend und mit absoluter Klarheit, wie Erinnerungen an etwas, was gestern Nacht passiert war. Seit vier Monaten schon, und es war kein Tag, keine Stunde vergangen, ohne dass er an sie gedacht hatte.

Hör zu, Laura, sagte er, ich muss heute noch mal nach Boston. Aber es ist doch Freitag. Ich weiß, ich weiß. Der alte Foley hat angerufen – er will mich dringend sprechen –, wer weiß, vielleicht gibt er mir die Reiseführer zurück. Sag ihm, er soll sie sich sonst wo hinstecken, rief Laura mit Vehemenz. Nein, ich muss zu ihm fahren, sagte Garrett. Wir waren fünfzehn Jahre Geschäftspartner und so weiter, das bin ich ihm schuldig. Du bist ein Schwächling, Garrett, sagte sie. Klar, antwortete er. Ein Schwächling, wie er im Buche steht.

Der Film, den sie im Rio zeigten, hieß *The Golden Stranger*, in den Hauptrollen Dalton Paul und Jayne Callot. Garrett war zu früh gekommen, eine Weile war er mit der gelangweilten Platzanweiserin allein im Saal. Langsam füllten sich die Reihen, und schließlich gingen die Lichter aus. Er hatte den Eingang gut im Blick, aber Anna hatte er nicht kommen sehen. Als der Film begann, überlegte er zu gehen, und ihn belustigte seine Annahme, eine Frau wie Anna würde jeden Freitagabend ins Kino gehen wie eine gewöhnliche Hausfrau. Er hatte kein Zimmer im Pamet Inn bekommen und eine Art Gasthof in Orleans gefunden, der einfach war, aber sauber. Doch konnte er tatsächlich eine Frau dorthin mitnehmen? Eine Frau wie Anna? Lächerlich, dachte er und versuchte, sich auf den Film zu konzentrieren, aber er hatte den Faden verloren, und der Mann, den er für den Schurken hielt, entpuppte sich als der Gute.

Als er aus der Herrentoilette kam, sah er sie in der Lobby stehen, eine Zigarette rauchen. Draußen regnete es, kirschrote Tropfen rannen im Lichtkreis der Neonreklame an den Scheiben herab. Sie trug einen leichten Mantel und offenes Haar. Es ist kürzer als beim letzten Mal, dachte er, als er von hinten an sie herantrat und sie sanft am Ellbogen berührte.

»Hi.«

Sie drehte sich um, doch nach dem kurzen Aufblitzen freudiger Überraschung wurde ihr Blick hart und ängstlich.

»Was machst du hier? Um Gottes willen!«

Er sprach leise, mit ausdrucksloser Miene. »Ich musste dich sehen. Ich werde sonst verrückt. Ich muss die ganze Zeit an dich denken.« Er lächelte. »Es ist zum Heulen. Die ganze Zeit, den ganzen Tag denke ich an dich. Ich kann nicht anders.«

Sie senkte den Blick und antwortete ebenso leise. »Ich weiß«, sagte sie. »Mir geht es genauso.« Dann blickte sie auf und lächelte falsch. »He, Schatz«, rief sie. »Schau mal, wer hier ist.«

Garrett drehte sich um und sah den Mann, der im Pissoir neben ihm gestanden hatte. Ein großer gebeugter Herr mit Glatzkopf und schlaffem Gesicht, der zwanzig Jahre älter aussah als Anna.

»Das ist Mr Rising – er hat Euclid gerettet.«

»Der Himmel möge Sie strafen«, sagte der Glatzkopf mit einem Grinsen, das sein makelloses Gebiss entblößte. »Ich kann das Vieh nicht ausstehen.«

»Charlie, sei nicht so grausam. Du liebst Euclid, und das weißt du.«

»Wie mein eigen Fleisch und Blut. Wohnen Sie in Orleans, Mr Rising?«

»Ich bin nur auf Besuch.«

»Wechseln Sie die Straßenseite, wenn Sie Euclid das nächste Mal begegnen. Dafür wäre ich Ihnen sehr verbunden. Ich hole den Wagen, Liebling. War nett, Sie zu treffen.«

Sie schüttelten sich die Hand, und Charlie, der Gatte, verschwand.

Anna sah aus, als wollte sie in Tränen ausbrechen.

»Du bist verrückt! Was soll das werden? Was denkst du dir dabei?«

»Komm nach New York«, sagte er, zog eine Visitenkarte heraus und schrieb etwas auf die Rückseite. »Mein Büro ist Downtown, Greene Street. Im Hamilton Hotel Sixth Avenue Ecke Houston ist ein Zimmer für dich gebucht. Für einen Monat. Komm nach New York und ruf mich an.«

»Nein.«

»Wir müssen uns wiedersehen. Wenigstens ein Mal.«

»Nein. Geh weg. Es ist vorbei.«

»Wenigstens ein Mal.«

Draußen vor dem Kino hupte es. Sie warf ihm einen wütenden, gehetzten, resignierten Blick zu und ging.

Nachdem sie miteinander geschlafen hatten, zog Garrett Hemd und Hose an und machte eine Bestellung beim Zimmerservice: zwei Club-Sandwiches und zwei Bier. Als er das Tablett an der Tür entgegennahm, ignorierte er das dreckige Grinsen des Pagen.

Sie aßen ihre Sandwiches und sprachen darüber,

was sie füreinander empfanden und wie der Tag ihrer Begegnung am Strand ihr Leben verändert hatte.

»Schicksal«, sagte sie.

»Euclid«, sagte er, und sie mussten beide lachen.

»Es ist aussichtslos«, sagte sie nach einer Weile. »Ich kann ihn nicht verlassen.«

»Und ich kann *sie* nicht verlassen.«

»Siehst du. Es ist aussichtslos.«

»Wir können uns hier treffen.«

»Und das nennst du Leben?«

»Besser, als sich gar nicht zu treffen.«

»Aber das ist doch sinnlos!«

»Und welchen Sinn gibt es sonst? Wir sehen uns, alles andere ist unwichtig.«

Sie stieß einen kleinen Schrei der Verzweiflung aus und drehte sich weg, das Gesicht zur Wand. Garrett starrte die Wand an. Die Tapete zeigte Ritter auf Streitrössern, Wimpel flatterten an ihren hochgereckten Lanzen. Das Bier hinterließ einen schalen Geschmack in seinem Mund. Vielleicht konnten sie ins Ausland fahren, sich für ein paar Tage wegstehlen – sich etwas ausdenken, um länger zu bleiben, sich gemeinsam durchschlagen. Kurze Momente waren jedenfalls besser als gar nichts, und der Gedanke, sie nicht wiederzusehen, war schlimmer als der Tod. Er spürte, dass ihre Hand nach ihm tastete, und er ergriff sie.

»Wir müssen etwas tun«, sagte sie.

»Das werden wir«, sagte er. »Versprochen.«

»Was denn?«

Es hob seine Stimmung, dass sie nun offenbar bereit war, es mit ihm zu versuchen, dieses Leben der kurzen Momente – der Momente im Glück.

»Ich denke mir was aus.«

»Und was?«

»Ich weiß es nicht«, sagte er und starrte auf die Ritter mit den Lanzen. »Ich weiß es nicht.«

Alexander Puschkin

Der Schneesturm

Ende des Jahres 1811, in der uns allen denkwürdigen Zeit, lebte auf seinem Landgute Neparadowo der wackere Gawrila Gawrilowitsch R. Er war durch seine Gastfreundlichkeit und Gutmütigkeit in der ganzen Gegend bekannt. Die Nachbarn kamen jeden Tag zu ihm auf Besuch, um zu essen und zu trinken oder mit seiner Gattin, Praskowja Petrowna, Boston zu fünf Kopeken den Point zu spielen; viele auch, um ihre Tochter, Marja Gawrilowna, ein schlankes, bleiches siebzehnjähriges Mädchen, zu sehen. Sie galt als reiche Partie, und viele ersehnten sie für sich oder für ihre Söhne.

Marja Gawrilowna war mit französischen Romanen erzogen worden und folglich verliebt. Ihr Auserwählter war ein armer Fähnrich von der Linie, der sich auf Urlaub auf dem Lande aufhielt. Es versteht sich von selbst, dass im Busen des jungen Mannes die gleiche Leidenschaft loderte und dass die Eltern seiner Geliebten, als sie ihre gegenseitige Zuneigung merkten, der Tochter untersagten, an ihn nur zu denken, und ihn bei seinen Besuchen noch unfreundlicher aufnahmen als irgendeinen verabschiedeten Assessor.

Unsere Verliebten tauschten häufig Briefe aus und sahen sich täglich unter vier Augen im Fichtengehölz oder bei der alten Kapelle. Dort schwuren sie einander ewige Liebe, beklagten ihr Los und schmiedeten allerlei Pläne. Nach den vielen Gesprächen und Briefen gelangten sie (was ja sehr natürlich ist) zu folgendem Schluss: »Da wir ohneeinander nicht atmen können und der Wille der grausamen Eltern unserm Glücke im Wege steht, könnten wir uns da nicht auch ohne ihre Einwilligung behelfen?« Es versteht sich, dass dieser glückliche Gedanke zuerst dem jungen Mann gekommen war und der romantischen Phantasie Marja Gawrilownas außerordentlich zusagte.

Der eingetretene Winter machte ihren Zusammenkünften ein Ende; ihr Briefwechsel wurde aber umso lebhafter. Wladimir Nikolajewitsch beschwor sie in einem jeden seiner Briefe, die Seinige zu werden: sich mit ihm heimlich trauen zu lassen, eine Zeit lang in einem Versteck zu leben und dann den Eltern zu Füßen zu stürzen; die Eltern aber würden sich von der heroischen Treue und dem Unglück der Liebenden rühren lassen und sicherlich sagen: »Kinder! Kommt in unsere Arme.«

Marja Gawrilowna schwankte; viele Fluchtpläne wurden von ihr nacheinander verworfen. Endlich willigte sie ein: an dem für die Entführung bestimmten Tage sollte sie nicht zu Abend essen und sich, Kopfweh vorschützend, in ihr Zimmer zurückziehen. Dann sollte sie mit ihrer Zofe, die in die Verschwörung eingeweiht war, durch den Hinterflur in den Garten gehen, hinter dem Garten einen angespannten Schlitten vorfinden, in diesen einsteigen und etwa fünf Werst weit nach dem Dorf Schadrino direkt zur Kirche fahren, wo Wladimir sie schon erwarten würde.

Die Nacht vor dem entscheidenden Tage konnte Marja Gawrilowna keinen Schlaf finden; sie packte ihre Sachen, band Wäsche und Kleider zu einem Bündel zusammen und schrieb einen langen Brief an ihre Freundin, ein sehr empfindsames junges Mädchen, und einen zweiten an ihre Eltern. Sie nahm von ihnen in den rührendsten Ausdrücken Abschied, entschuldigte ihren Schritt mit der unüberwindlichen Macht der Leidenschaft und schloss mit den Worten, dass sie den Augenblick, in dem sie ihren teuren Eltern zu Füßen fallen dürfte, für den glücklichsten ihres Lebens betrachten würde. Nachdem sie beide mit einem in Tula verfertigten Petschaft, auf dem zwei flammende Herzen, von einer entsprechenden Inschrift umgeben, dargestellt waren, versiegelt hatte, warf sie sich beim Tagesgrauen auf ihr Lager und schlummerte ein, wurde aber fortwährend von furchtbaren Traumbildern aufgeschreckt. Bald schien es ihr, dass ihr Vater gerade in dem Augenblick, da sie in den Schlitten stieg, um zur Trauung zu fahren, sie überraschte, mit schmerzvoller Schnelligkeit über den Schnee schleifte und in ein finsteres, fensterloses Verließ stieße … sie stürzte kopfüber hinab, während ihr Herz sich unaussprechlich zusammenkrampfte; bald sah sie Wladimir blass und verblutend im Grase liegen; im Sterben beschwor er sie mit herzzerreißender Stimme, sich sofort mit ihm trauen zu lassen. Noch viele andere gestaltlose und sinnlose Schreckbilder schwebten eines nach dem andern vor ihren Blicken. Als sie endlich aufstand, war sie blasser als sonst und hatte wirkliches Kopfweh. Vater und Mutter merkten sofort ihre Unruhe; die zärtliche Besorgtheit der Eltern und ihre unaufhörlichen Fragen: »Was hast du, Mascha? Bist du nicht wohl, Mascha?« schnitten sie ins Herz. Sie versuchte, sich zu beruhigen und sorglos zu erscheinen, brachte es aber nicht fertig. Indessen wurde es Abend. Der Gedanke, dass sie den scheidenden Tag zum allerletzten Mal inmitten der Ihrigen begleite, bedrückte sie schwer. Sie war mehr tot als lebendig; im Geiste verabschiedete sie sich schon von allen Personen und Gegenständen, die sie umgaben. Das Abendessen wurde aufgetragen; ihr Herz begann heftig zu pochen. Mit bebender Stimme erklärte sie, dass sie heute nicht zu Abend essen würde, und wünschte den Eltern gute Nacht. Diese küssten sie und gaben ihr, wie jeden Abend, ihren Segen; sie fing dabei beinahe zu weinen an. Als sie in ihr Zimmer kam, ließ sie sich in einen Sessel fallen und brach in Tränen aus. Die Zofe beschwor sie, sich zu beruhigen und Mut zu fassen. Alles war schon bereit. In einer halben Stunde schon sollte Mascha dem Elternhause, ihrem Zimmer und dem stillen Mädchendasein für immer Lebewohl sagen …

Draußen tobte ein Schneesturm; der Wind heulte, die Fensterläden bebten und klopften; alles erschien ihr drohend und unheilkündend. Bald war es im Hause still; alle schliefen. Mascha hüllte sich in ihren Schal, zog sich einen warmen Mantel an, nahm ihr Köfferchen in die Hand und trat auf den Hinterflur. Die Zofe folgte ihr mit zwei Bündeln. Sie gingen in den Garten hinunter. Der Schneesturm wütete noch immer; der Wind blies Mascha ins Gesicht, wie wenn er die junge Missetäterin aufhalten wollte. Mit großer Mühe gelangten sie an das Ende des Gartens. Auf der Straße wartete schon der Schlitten. Die durchfrorenen Pferde wollten nicht mehr ruhig stehen; Wladimirs Kutscher ging vor den Deichselstangen auf und ab und bemühte sich, die Ungeduldigen zu halten. Er half dem Fräulein und der Zofe in den Schlitten zu steigen und die Bündel und das Köfferchen unterzubringen, ergriff die Zügel, und die Pferde rasten dahin. Wir wollen aber das Fräulein der Sorge des Schicksals und der Kunst des Kutschers Terjoschka anvertrauen und uns zu unserm jungen Liebhaber wenden.

Wladimir war den ganzen Tag unterwegs. Am Morgen besuchte er den Priester von Schadrino und einigte sich mit ihm, nicht ohne Mühe. Dann begab er sich auf die Suche nach Trauzeugen zu den benachbarten Gutsbesitzern. Der erste, den er aufsuchte, der vierzigjährige ehemalige Kornett Drawin, willigte mit Freuden ein. Dieses Abenteuer, behauptete er, erinnere ihn an die Husarenstreiche seiner Jugend. Er bewog Wladimir, bei ihm zu Mittag zu essen, und versicherte ihm, dass die zwei noch fehlenden Zeugen sich unschwer finden lassen würden. Gleich nach dem Essen erschienen tatsächlich der Geometer Schmidt, der einen Schnurrbart und Sporen trug, und der Sohn des Landpolizeihauptmanns, ein etwa sechzehnjähriger Junge, der vor Kurzem bei den Ulanen eingetreten war. Sie nahmen Wladimirs Vorschlag nicht nur an, sondern erklärten sich auch bereit, für ihn ihr Leben aufs Spiel zu setzen. Wladimir schloss sie entzückt in seine Arme und fuhr nach Hause, um die letzten Vorbereitungen zu treffen.

Es dämmerte schon seit geraumer Zeit. Wladimir schickte seinen verlässlichen Terjoschka mit einer Troika und genauer und ausführlicher Instruktion

nach Neparadowo, ließ sich den kleinen einspänni-
gen Schlitten geben und fuhr allein ohne Kutscher
nach Schadrino, wo nach etwa zwei Stunden auch
Marja Gawrilowna eintreffen sollte. Der Weg war
ihm gut bekannt, und die Fahrt dauerte gewöhnlich nur zwanzig Minuten.

Kaum hatte aber Wladimir das Dorf verlassen, als
sich ein Wind erhob und ein solcher Schneesturm
losbrach, dass er nichts mehr sehen konnte. Die
Straße war in einem Augenblick unter den Schnee-
massen verschwunden; ein trüber, gelblicher Nebel,
durch den die weißen Schneeflocken flogen, ver-
deckte den Ausblick; der Himmel floss mit der
Erde in eins zusammen; Wladimir sah sich plötzlich
mitten im freien Feld und machte vergebliche Versuche, wieder auf die Straße zu gelangen. Das Pferd
lief aufs Geratewohl; bald fuhr es in einen Schneehaufen hinein, bald versank es in einen Graben; der
Schlitten kippte jeden Augenblick um. Wladimir
war nur auf das eine bedacht: die Richtung nicht zu
verlieren. Es war aber schon, wie ihm schien, mehr
als eine halbe Stunde vergangen, und er hatte das
Gehölz von Schadrino noch immer nicht erreicht.

Es vergingen noch zehn Minuten – vom Gehölz
war noch immer nichts zu sehen. Wladimir fuhr
über ein Feld, das von tiefen Gräben durchzogen
war. Der Schneesturm wollte sich nicht legen und
der Himmel sich nicht aufklären.

Das Pferd begann müde zu werden, und er selbst kam in Schweiß, obwohl er jeden Augenblick bis an den Gürtel in den Schnee versank.

Bald merkte er, dass er in falscher Richtung fuhr. Wladimir hielt an, überlegte sich seine Lage und kam zur Überzeugung, dass er etwas mehr nach rechts fahren müsse. Er fuhr nach rechts. Das Pferd bewegte vor Müdigkeit kaum die Beine. Er war schon mehr als eine Stunde unterwegs. Schadrino musste ganz in der Nähe sein. Er fuhr aber immer weiter, und das Feld nahm kein Ende. Immer neue Schneehaufen und Gräben; der Schlitten kippte immer wieder um, und er musste ihn immer wieder aufrichten. Die Zeit verging; Wladimir wurde nun ernsthaft unruhig.

Endlich zeigte sich seitwärts etwas Dunkles. Wladimir lenkte das Pferd in diese Richtung. Als er näher kam, sah er, dass es ein Gehölz war. »Gott sei Dank«, sagte er sich. »Jetzt ist es nicht mehr weit.« Er fuhr am Gehölz entlang, denn er hoffte, entweder auf die ihm wohlbekannte Landstraße zu kommen oder das Gehölz zu umbiegen; Schadrino musste ja gleich dahinter liegen. Bald fand er den Weg und fuhr in das Dunkel der Bäume, die der Winter ihres Laubes beraubt hatte. Der Wind konnte hier nicht mehr so furchtbar wüten; die Straße war eben, das Pferd fasste neuen Mut, und Wladimir beruhigte sich. Er fuhr aber und fuhr, doch von Schadrino war immer noch nichts zu sehen, das Gehölz wollte kein Ende nehmen. Wladimir merkte mit Schrecken, dass er in einen ihm unbekannten Wald geraten war. Verzweiflung bemächtigte sich seiner. Er gab dem Pferd die Peitsche; das arme Tier versuchte Trab zu laufen, wurde aber bald müde und ging schon nach einer Viertelstunde, trotz aller Bemühungen des unglücklichen Wladimirs, wieder im Schritt.

Allmählich lichtete sich das Dickicht, und Wladimir fuhr aus dem Walde heraus. Von Schadrino war nichts zu sehen. Es mochte gegen Mitternacht sein. Tränen traten ihm in die Augen; er fuhr aufs Geratewohl weiter. Der Sturm hatte sich gelegt, die Wolken verzogen sich; vor ihm lag ein von einem weißen, welligen Teppich bedecktes Tal. Die Nacht war ziemlich hell. Er entdeckte in der Nähe ein Dörfchen, das aus vier oder fünf Höfen bestand. Wladimir fuhr auf das Dörfchen zu. Beim ersten Bauernhause sprang er aus dem Schlitten, lief auf ein Fenster zu und begann zu klopfen. Nach einigen Minuten ging der hölzerne Laden auf, und ein alter Mann streckte seinen grauen Bart heraus. »Was willst du?« – »Ist es weit bis Schadrino?« – »Ob es bis Schadrino weit ist?« – »Ja, ja. Ist es weit?« – »Gar nicht weit: an die zehn Werst.« Als Wladimir diese Antwort hörte, fuhr er sich in die Haare und erstarrte wie ein zum Tode Verurteilter.

»Und wo kommst du her?«, fuhr der Alte fort. Wladimir hatte aber nicht den Mut, seine Frage zu beantworten. »Alter«, wandte er sich an ihn, »kannst du mir Pferde nach Schadrino verschaffen?« – »Woher sollen wir Pferde haben?«, antwortete der Bauer. »Kann ich vielleicht einen Führer bekommen, der den Weg nach Schadrino kennt. Ich will ihm bezahlen, soviel er verlangt.« – »Wart einmal«, sagte der Alte, den Fensterladen schließend, »ich will dir meinen Sohn schicken; er wird dich begleiten.« Wladimir begann zu warten. Es war aber noch keine halbe Minute vergangen, als er wieder zu klopfen anfing. Der Laden ging auf, und der graue Bart zeigte sich wieder. »Was willst du?« – »Wo bleibt denn dein Sohn?« – »Gleich kommt er: Er zieht sich die Stiefel an. Friert es dich vielleicht? Komm nur herein und wärme dich.« – »Ich danke. Schicke schneller deinen Sohn heraus.«

Bald knarrte das Tor. Ein Bursche, mit einem dicken Knüttel in der Hand, kam heraus und ging vor dem Schlitten her, den schneeverwehten Weg bald zeigend und bald suchend. »Wie spät ist es?«, fragte ihn Wladimir. »Es wird wohl bald tagen«, antwortete der junge Bauer. Wladimir sprach nun kein Wort mehr. Die Hähne krähten, und es war schon hell, als sie Schadrino erreichten. Die Kirche war geschlossen. Wladimir bezahlte seinen Führer und fuhr zum Geistlichen. Auf dessen Hofe war aber keine Troika zu sehen. Was für eine Nachricht erwartete ihn da!

Kehren wir aber zu den braven Gutsbesitzern von Neparadowo zurück und sehen wir, was bei ihnen vorgeht.

Nichts Besonderes.

Die Alten standen wie jeden Morgen auf und kamen in die gute Stube: Gawrila Gawrilowitsch in Nachtmütze und Flausjacke, Praskowja Petrowna in wattiertem Schlafrock. Als der Samowar aufgetragen war, schickte Gawrila Gawrilowitsch ein Mädchen zu Marja Gawrilowna, sie zu fragen, wie es ihr heute ginge und wie sie geschlafen habe. Das Mädchen kam zurück und meldete, dass das gnädige Fräulein sehr schlecht geschlafen habe, sich aber jetzt schon etwas besser fühle und bald kommen werde. Die Tür ging tatsächlich auf, und Marja Gawrilowna trat ein, um Papa und Mama zu begrüßen.

»Wie ist es mit deinem Kopfweh, Mascha?«, fragte Gawrila Gawrilowitsch. – »Es geht schon besser, Papachen«, antwortete Mascha. – »Es kommt wohl vom Ofendunst«, meinte Praskowja Petrowna. – »Ja, wahrscheinlich, Mamachen«, erwiderte Mascha.

Der Tag verlief glücklich, aber gegen Abend wurde Mascha krank. Man schickte in die Stadt nach einem Arzt. Dieser kam sehr spät und traf die

Kranke im Delirium an. Sie hatte heftiges Fieber, und die Ärmste schwebte zwei Wochen lang zwischen Leben und Tod. Niemand im Hause wusste etwas von der geplanten Flucht. Die Briefe, die Mascha am Vorabend geschrieben, hatte sie verbrannt; die Zofe sagte aus Furcht vor dem Zorn der Herrschaft niemandem ein Wort. Der Geistliche, der ehemalige Kornett, der Geometer mit dem Schnurrbart und der kleine Ulan waren diskret und hatten wohl ihre Gründe dafür. Der Kutscher Terjoschka verschnappte sich selbst im Rausche nicht. So wurde das Geheimnis von dem halben Dutzend Mitverschworener treu behütet. Doch Marja Gawrilowna selbst verriet es in ihrem fortwährenden Delirium. Ihre Worte waren aber so wirr, dass die Mutter, die das Krankenzimmer für keinen Augenblick verließ, aus ihnen nur das eine verstehen konnte, dass ihre Tochter sterblich in Wladimir Nikolajewitsch verliebt sei und dass die Erkrankung wahrscheinlich mit dieser Liebe zusammenhänge. Sie beriet sich mit ihrem Gatten und einigen Nachbarn, und alle kamen überein, dass es dem jungen Mädchen wohl vom Schicksal so beschieden sei, dass niemand dem ihm vom Himmel vorausbestimmten Ehegenossen entrinnen könne, dass Armut keine Schande sei, dass man nicht das Geld, sondern den Menschen heirate und so weiter. Moralische Sprichwörter pflegen ungemein nützlich in solchen Fällen zu sein, wo man selbst keinerlei Rechtfertigung zu ersinnen vermag. Das junge Mädchen erholte sich indessen wieder. Wladimir hatte sich schon lange nicht mehr in Gawrila Gawrilowitschs Hause blicken lassen. Die Behandlung, die ihm hier immer zuteil wurde, schreckte ihn wohl ab. Es wurde beschlossen, ihn kommen zu lassen, um ihm das unerwartete Glück: die Einwilligung auf die Ehe zu verkünden. Wie groß war aber das Erstaunen der Gutsbesitzer von Neparadowo, als sie von ihm als Antwort auf die Einladung einen halb verrückten Brief erhielten. Er teilte ihnen mit, dass er seinen Fuß nie wieder über ihre Schwelle setzen würde, und bat sie, den Unglücklichen, für den der Tod nun die einzige Hoffnung sei, zu vergessen. Nach einigen Tagen erfuhren sie, dass Wladimir wieder in sein Regiment eingerückt war. Das geschah im Jahre 1812. Man konnte sich lange nicht entschließen, dies der genesenden Mascha zu melden. Sie sprach nie mehr von Wladimir. Als sie einige Monate später seinen Namen unter denen, die sich bei Borodino ausgezeichnet hatten und schwer verwundet waren, las, fiel sie in Ohnmacht, und man fürchtete schon, dass ihre Krankheit zurückkehren würde. Der Ohnmachtsanfall hatte aber, Gott sei Dank, keine ernsten Folgen.

Sie wurde von einem anderen Kummer heimgesucht: Gawrila Gawrilowitsch verschied und ließ sie als Erbin seines ganzen Besitzes zurück. Die Erbschaft gab ihr aber keinen Trost; sie teilte aufrichtig die Trauer Praskowja Petrownas und schwor, sich niemals von ihr trennen zu wollen. Die beiden verließen Neparadowo, die Stätte trauriger Erinnerungen, und zogen auf ihr ***sches Gut. Die Freier umschwirrten auch hier das hübsche und reiche Mädchen; sie gab aber niemand auch die leiseste Hoffnung. Die Mutter redete ihr manchmal zu, sich einen Ehegenossen zu wählen. Marja Gawrilowna schüttelte aber nur den Kopf und wurde nachdenklich. Wladimir weilte nicht mehr unter den Lebenden: Er war zu Moskau, am Vorabend des Einzuges der Franzosen, gestorben. Sein Andenken schien Mascha heilig zu sein; jedenfalls bewahrte sie alles, was an ihn erinnerte, treulich auf: die Bücher, die er einst gelesen, seine Zeichnungen, Noten und die Verse, die er für sie abgeschrieben. Die Nachbarn, die solches hörten, bewunderten ihre Standhaftigkeit und erwarteten mit Neugier den Helden, der über die rührende Treue der jugendlichen Artemis triumphieren würde.

Der Krieg war indessen ruhmvoll beendet. Unsere Heere kehrten aus dem Auslande zurück. Das Volk eilte ihnen entgegen. Die Regimentskapellen spielten die im Feldzuge eroberten Weisen: Vive Henri-Quatre, Tyroler Walzer und Arien aus der »Joconde«. Die Offiziere, die als halbe Knaben ins Feld gezogen waren, kehrten, im Pulverdampf der Schlachten zu Männern geworden, mit Ehrenkreuzen geschmückt, heim. Die Soldaten plauderten lustig miteinander, fortwährend deutsche und französische Worte in ihre Rede mischend. Unvergessliche Zeit! Die Zeit des Ruhmes und der Begeisterung! Wie stark pochte das russische Herz beim Klange des Wortes »Vaterland«! Wie süß waren die Freudentränen des Wiedersehens! Wie einmütig verbanden wir das Gefühl des nationalen Stolzes mit der Liebe zum Kaiser! Und für diesen selbst – welche Augenblicke!

Die Frauen, die russischen Frauen waren damals unvergleichlich. Ihre gewöhnliche Kühle war verschwunden. Ihr Entzücken war wahrlich berauschend, als sie die Sieger mit »Hurra!« begrüßten »und in die Luft die Häubchen warfen …«

Wer von den damaligen Offizieren wird nicht zugeben, dass er von der russischen Frau den besten, den kostbarsten Lohn empfing … Marja Gawrilowna lebte um diese glanzvolle Zeit mit ihrer Mutter im ***schen Gouvernement und sah gar nicht, wie die beiden Residenzen die zurückgekehrten Truppen feierten. In der Provinz und auf dem flachen Lande war die allgemeine Begeisterung vielleicht noch stärker. Das Erscheinen eines Offiziers in solchen Gegenden war ein wahrer Triumph, und ein Liebhaber in Zivilfrack konnte neben ihm gar

nicht aufkommen. Wie gesagt, war Marja Gawrilowna trotz ihrer Kälte nach wie vor von Bewer-
bern umgeben. Alle mussten aber weichen, als der
verwundete Husarenhauptmann Burmin mit dem
Georgskreuze im Knopfloch und der »interessan-
ten Blässe«, wie sich die damaligen jungen Damen
ausdrückten, im Gesicht auf ihrem Schlosse erschien. Er war an die sechsundzwanzig Jahre alt. Er
verbrachte den Urlaub auf seinen Besitzungen, die
in der Nähe des Gutes Marja Gawrilownas lagen.
Marja Gawrilowna zeichnete ihn vor allen anderen
aus. In seiner Gegenwart wich ihre gewöhnliche
Versonnenheit einem lebhafteren Gemütszustand.
Man kann nicht behaupten, dass sie mit ihm ko-
kettierte, aber ein Dichter, der ihr Benehmen sähe,
würde gesagt haben:

»Se amor non é, che dunche?«

Burmin war in der Tat ein liebenswürdiger junger
Mann. Er besaß gerade jenen Geist, der den Damen so gut gefällt: den Geist des Anstandes und der
Aufmerksamkeit ganz ohne Anmaßung, doch mit
gutmütigem Humor. Sein Benehmen Marja Gawrilowna gegenüber war einfach und ungezwungen;
doch was sie auch sagen oder tun mochte, seine
Seele und seine Blicke folgten ihr. Er schien einen
stillen und bescheidenen Charakter zu haben,
aber es wurde behauptet, dass er einst ein schlimmer Taugenichts gewesen sei, was ihm übrigens

in Marja Gawrilownas Augen durchaus nicht zu schaden vermochte, da sie (wie alle jungen Damen) gern alle Streiche verzieh, die Kühnheit und feuriges Temperament verrieten.

Doch mehr als alles andere ... (mehr als seine zärtliche Veranlagung, mehr als seine angenehme Unterhaltungsgabe, als seine interessante Blässe, als sein verwundeter Arm), mehr als das alles war es das Schweigen des jungen Husaren, das ihre Neugier und Phantasie reizte. Sie konnte sich nicht verhehlen, dass sie ihm sehr gefiel; wahrscheinlich hatte auch er bei seinem Geist und seiner Erfahrung schon bemerkt, dass sie ihn vor den andern auszeichnete; wie war es nun zu erklären, dass sie ihn noch immer nicht zu ihren Füßen gesehen und sein Geständnis nicht zu hören bekommen? Was hielt ihn zurück? Schüchternheit, die von wahrer Liebe unzertrennlich ist, Stolz oder die Koketterie eines schlauen Schürzenjägers? Das war ihr ein Rätsel. Als sie sich das alles ordentlich überlegt hatte, sagte sie sich, dass Schüchternheit der einzige Grund seiner Zurückhaltung sein müsse, und sie entschloss sich, ihn durch erhöhte Aufmerksamkeit und, wenn es die Umstände verlangten, selbst durch Zärtlichkeit zu ermutigen. Sie war auf eine höchst unerwartete Lösung gefasst und erwartete mit Ungeduld den Augenblick der romantischen Liebeserklärung. Jedes Geheimnis, ganz gleich welcher Natur, ist den Frauenherzen unerträglich. Ihre strategischen Maßnahmen führten zum erwünschten Erfolg; Burmin versank jedenfalls in so tiefe Nachdenklichkeit, und seine schwarzen Augen blickten mit solchem Feuer auf Marja Gawrilowna, dass der entscheidende Moment ganz nahe zu sein schien. Die Nachbarn sprachen von der Hochzeit als von einer beschlossenen Tatsache, und die gute Praskowja Petrowna freute sich, dass ihre Tochter endlich einen würdigen Bräutigam gefunden habe. Die alte Dame saß einmal im Wohnzimmer, mit einer Grand-Patience beschäftigt, als Burmin ins Zimmer trat und sich sofort nach Marja Gawrilowna erkundigte. »Sie ist im Garten«, antwortete die Mutter, »gehen Sie zu ihr, ich werde Sie hier erwarten.« Burmin ging hinaus, und die alte Dame bekreuzigte sich und dachte: Vielleicht wird die Sache heute zur Entscheidung kommen!

Burmin traf Marja Gawrilowna am Teiche, unter einer Weide, mit einem Buche in der Hand – als echte Romanheldin. Nachdem die ersten Fragen ausgetauscht waren, ließ Marja Gawrilowna das Gespräch absichtlich stocken, die beiderseitige Verlegenheit auf diese Weise dermaßen vergrößernd, dass nur eine plötzliche und entscheidende Erklärung befreiend wirken könnte. So kam es auch: Als Burmin die Schwierigkeit seiner Lage merkte, erklärte er, dass er schon längst eine Ge-

legenheit gesucht habe, vor ihr sein Herz zu ent-
hüllen, und bat sie um eine Minute Gehör. Marja
Gawrilowna machte das Buch zu und senkte zum
Zeichen des Einverständnisses die Augen. »Ich
liebe Sie«, begann Burmin, »ich liebe Sie leiden-
schaftlich …« (Marja Gawrilowna errötete und
ließ den Kopf noch tiefer sinken.) »Ich handelte
leichtsinnig, als ich mich der süßen Gewohnheit,
Sie alltäglich zu sehen und zu hören, hingab …«
(Marja Gawrilowna musste an den ersten Brief des
St. Preux denken.) »Nun ist es zu spät, mich meinem Schicksale zu widersetzen: Die Erinnerung an
Sie, Ihr liebes, unvergleichliches Bild, wird nun die
ewige Qual und die ewige Wonne meines Lebens
sein; eine schwere Pflicht ist aber noch zu erfüllen:
Ich muss Ihnen ein schreckliches Geheimnis ent-
hüllen und damit eine unüberwindliche Schranke
zwischen uns errichten …« – »Diese Schranke hat
schon immer bestanden«, unterbrach ihn Marja
Gawrilowna lebhaft, »niemals konnte ich die Ihre
werden.« – »Ich weiß es«, antwortete er leise, »ich
weiß, dass Sie schon einmal geliebt haben; aber
der Tod und die drei Jahre der Trauer … Liebe,
gute Marja Gawrilowna, versuchen Sie nicht, mir
meinen letzten Trost zu rauben: den Gedanken,
dass Sie bereit wären, mein ganzes Glück zu sein,
wenn …« – »Schweigen Sie, um Gottes willen,
schweigen Sie. Sie quälen mich.« – »Ja, ich weiß,

ich fühle es, dass Sie die Meinige werden würden, aber ich, ich unseligstes Geschöpf – ich bin schon verheiratet.«

Marja Gawrilowna blickte ihn erstaunt an. »Ich bin verheiratet«, fuhr Burmin fort, »seit vier Jahren schon, und ich weiß nicht, wer meine Frau ist, wo sie weilt und ob es mir beschieden ist, sie je wiederzusehen.« »Was sagen Sie?!«, rief Marja Gawrilowna aus. »Wie seltsam. Fahren Sie fort; ich will Ihnen später erzählen, aber fahren Sie um Gottes willen fort.«

»Zu Beginn des Jahres 1812«, erzählte Burmin, »eilte ich nach Wilna, wo sich unser Regiment befand. Als ich eines Abends zur späten Stunde auf eine Station kam und sofort anzuspannen begann, erhob sich ein furchtbarer Schneesturm, und der Stationsaufseher und die Kutscher rieten mir, abzuwarten. Ich folgte ihnen, aber eine unbegreifliche Unruhe bemächtigte sich meiner; mir war es, als ob mich jemand fortwährend stieße. Der Schneesturm wollte sich nicht legen. Ich hielt es nicht länger aus, gab wieder den Befehl anzuspannen und setzte trotz des Sturmes meine Reise fort. Der Kutscher hatte den Einfall, über den Fluss zu fahren, was die Reise um drei Werst abkürzen sollte. Die Flussufer waren vom Schnee verweht. Der Kutscher verpasste die Stelle, wo man wieder auf die Landstraße kommen konnte, und so gerieten wir in eine gänzlich unbekannte Gegend. Der Sturm wütete noch immer. Ich sah einen Lichtschein und ließ auf dieses Ziel fahren. Wir kamen in ein Dorf; in der hölzernen Kirche brannte Licht. Die Kirchentür stand offen; hinter der Kirchenmauer warteten einige Schlitten, und vor dem Eingang gingen Menschen auf und ab. ›Hierher, hierher‹, riefen einige Stimmen. Ich befahl dem Kutscher, vor der Kirche zu halten. ›Mein Gott, wo bliebst du so lange?‹, sagte mir jemand: ›Die Braut ist ohnmächtig; der Pope weiß nicht, was zu tun; wir wollten schon nach Hause fahren. Komm aber schnell her!‹ Ich sprang schweigend aus dem Schlitten und trat in die Kirche, die von zwei oder drei Kerzen schwach erleuchtet war. Ein Mädchen saß auf einer Bank in einer finsteren Ecke; ein anderes rieb ihr die Schläfen. ›Gott sei Dank‹, sagte das letztere: ›Wir haben Sie kaum erwarten können. Sie haben das Fräulein beinahe getötet.‹ Der alte Geistliche ging auf mich zu und fragte: ›Sollen wir beginnen?‹ – ›Ja, beginnen Sie, Hochwürden, beginnen Sie‹, antwortete ich zerstreut. Man hob das Mädchen auf. Es erschien mir recht hübsch … Ein unerklärlicher, unverzeihlicher Leichtsinn … Ich stellte mich neben sie vor den Altar; der Priester hatte große Eile; die drei Männer und die Zofe stützten die Braut und waren mit ihr allein beschäftigt. So traute man uns. ›Küsst euch‹, sagte man uns. Meine Frau wandte mir ihr blasses Gesicht zu. Ich wollte sie schon küssen … Sie schrie aber auf: ›Ach, er ist's nicht, er ist's nicht!‹ und fiel wieder in Ohnmacht. Die Zeugen richteten auf mich ihre erstaunten Blicke. Ich wandte mich um, verließ ungehindert die Kirche, stürzte in den Schlitten und schrie: »Los!« »Mein Gott«, rief Marja Gawrilowna aus. »Und Sie wissen gar nicht, was aus Ihrer armen Frau geworden ist?« »Ich weiß es nicht«, antwortete Burmin, »ich weiß nicht, wie das Dorf heißt, in dem ich getraut wurde, und von welcher Station ich hingekommen war. Damals legte ich meinem verbrecherischen Streich so wenig Bedeutung bei, dass ich gleich, nachdem ich die Kirche verlassen hatte, einschlief und erst am nächsten Morgen auf der dritten Station erwachte. Mein Diener, der mich damals begleitete, starb während des Feldzuges, und so habe ich gar keine Hoffnung, diejenige zu finden, mit der ich den grausamen Streich gespielt habe und die nun so grausam gerächt ist.« »Mein Gott, mein Gott!«, sagte Marja Gawrilowna, seine Hand ergreifend. »Also Sie waren es! Und Sie erkennen mich nicht?« Burmin erbleichte und stürzte ihr zu Füßen …

Joseph Roth

Die Legende vom heiligen Trinker

An einem Frühlingsabend des Jahres 1934 stieg ein Herr gesetzten Alters die steinernen Stufen hinunter, die von einer der Brücken über die Seine zu deren Ufern führen. Dort pflegen, wie fast aller Welt bekannt ist und was dennoch bei dieser Gelegenheit in das Gedächtnis der Menschen zurückgerufen zu werden verdient, die Obdachlosen von Paris zu schlafen, oder besser gesagt: zu lagern.

Einer dieser Obdachlosen nun kam dem Herrn gesetzten Alters, der übrigens wohlgekleidet war und den Eindruck eines Reisenden machte, der die Sehenswürdigkeiten fremder Städte in Augenschein zu nehmen gesonnen war, von ungefähr entgegen. Dieser Obdachlose sah zwar genauso verwahrlost und erbarmungswürdig aus wie alle die anderen, mit denen er sein Leben teilte, aber er schien dem wohlgekleideten Herrn gesetzten Alters einer besonderen Aufmerksamkeit würdig; warum wissen wir nicht.

Es war, wie gesagt, bereits Abend, und unter den Brücken an den Ufern des Flusses dunkelte es stärker als oben auf dem Kai und auf den Brücken. Der obdachlose und sichtlich verwahrloste Mann schwankte ein wenig. Er schien den älteren, wohlangezogenen Herrn nicht zu bemerken. Dieser aber, der gar nicht schwankte, sondern sicher und geradewegs seine Schritte dahinlenkte, hatte schon offenbar von Weitem den Schwankenden bemerkt. Der Herr gesetzten Alters vertrat geradezu dem verwahrlosten Mann den Weg. Beide blieben sie einander gegenüber stehen.

»Wohin gehen Sie, Bruder?«, fragte der ältere, wohlgekleidete Herr.

Der andere sah ihn einen Augenblick an, dann sagte er: »Ich wüsste nicht, dass ich einen Bruder hätte, und ich weiß nicht, wo mich der Weg hinführt.«

»Ich werde versuchen, Ihnen den Weg zu zeigen«, sagte der Herr. »Aber Sie sollen mir nicht böse sein, wenn ich Sie um einen ungewöhnlichen Gefallen bitte.«

»Ich bin zu jedem Dienst bereit«, antwortete der Verwahrloste.

»Ich sehe zwar, dass Sie manche Fehler machen. Aber Gott schickt Sie mir in den Weg. Gewiss brauchen Sie Geld, nehmen Sie mir diesen Satz nicht übel! Ich habe zu viel. Wollen Sie mir aufrichtig sagen, wie viel Sie brauchen? Wenigstens für den Augenblick?«

Der andere dachte ein paar Sekunden nach, dann sagte er: »Zwanzig Franc.«

»Das ist gewiss zu wenig«, erwiderte der Herr. »Sie brauchen sicherlich zweihundert.«

Der Verwahrloste trat einen Schritt zurück, und es sah aus, als ob er fallen sollte, aber er blieb dennoch aufrecht, wenn auch schwankend. Dann sagte er: »Gewiss sind mir zweihundert Franc lieber als zwanzig, aber ich bin ein Mann von Ehre. Sie scheinen mich zu verkennen. Ich kann das Geld, das Sie mir anbieten, nicht annehmen, und zwar aus folgenden Gründen: Erstens, weil ich nicht die Freude habe, Sie zu kennen; zweitens, weil ich nicht weiß, wie und wann ich es Ihnen zurückgeben könnte; drittens, weil Sie auch nicht die Möglichkeit haben, mich zu mahnen. Denn ich habe keine Adresse. Ich wohne fast jeden Tag unter einer anderen Brücke dieses Flusses. Dennoch bin ich, wie ich schon einmal betont habe, ein Mann von Ehre, wenn auch ohne Adresse.«

»Auch ich habe keine Adresse«, antwortete der Herr gesetzten Alters, »auch ich wohne jeden Tag unter einer anderen Brücke, und ich bitte Sie dennoch, die zweihundert Franc – eine lächerliche Summe übrigens für einen Mann wie Sie – freundlich anzunehmen. Was nun die Rückzahlung betrifft, so muss ich weiter ausholen, um Ihnen erklärlich zu machen, weshalb ich Ihnen etwa keine Bank angeben kann, wo Sie das Geld zurückgeben könnten. Ich bin nämlich ein Christ geworden, weil ich die Geschichte der kleinen heiligen Therese von Lisieux gelesen habe. Und nun verehre ich insbesondere jene kleine Statue der Heiligen, die sich in der Kapelle Ste Marie des Batignolles befindet und die Sie leicht sehen werden. Sobald Sie also die armseligen zweihundert Franc haben und Ihr Gewissen Sie zwingt, diese lächerliche Summe nicht schuldig zu bleiben, gehen Sie bitte in die Ste Marie des Batignolles, und hinterlegen Sie dort zu Händen des Priesters, der die Messe gerade gelesen hat, dieses Geld. Wenn Sie es überhaupt jemandem schulden, so ist es die kleine heilige Therese. Aber vergessen Sie nicht: in der Ste Marie des Batignolles.«

»Ich sehe«, sagte da der Verwahrloste, »dass Sie mich und meine Ehrenhaftigkeit vollkommen begriffen haben. Ich gebe Ihnen mein Wort, dass ich mein Wort halten werde. Aber ich kann nur sonntags in die Messe gehen.«

»Bitte, sonntags«, sagte der ältere Herr. Er zog zweihundert Franc aus der Brieftasche, gab sie dem Schwankenden und sagte: »Ich danke Ihnen!«

»Es war mir ein Vergnügen«, antwortete dieser und verschwand alsbald in der tiefen Dunkelheit.

Denn es war inzwischen unten finster geworden, indes oben, auf den Brücken und an den Kais, sich die silbernen Laternen entzündeten, um die fröhliche Nacht von Paris zu verkünden.

*

Auch der wohlgekleidete Herr verschwand in der Finsternis. Ihm war in der Tat das Wunder der Bekehrung zuteilgeworden. Und er hatte beschlossen, das Leben der Ärmsten zu führen. Und er wohnte deshalb unter der Brücke.

Aber was den anderen betrifft, so war er ein Trinker, geradezu ein Säufer. Er hieß Andreas. Und er lebte von Zufällen, wie viele Trinker. Lange war es her, dass er zweihundert Franc besessen hatte. Und vielleicht deshalb, weil es so lange her war, zog er beim kümmerlichen Schein einer der seltenen Laternen unter einer der Brücken ein Stückchen Papier hervor und den Stumpf von einem Bleistift und schrieb sich die Adresse der kleinen heiligen Therese auf und die Summe von zweihundert Franc, die er ihr von dieser Stunde an schuldete. Er ging eine der Treppen hinauf, die von den Ufern der Seine zu den Kais hinaufführen. Dort, das wusste er, gab es ein Restaurant. Und er trat ein, und er aß und trank reichlich, und er gab viel Geld aus, und er nahm noch eine ganze Flasche mit,

für die Nacht, die er unter der Brücke zu verbringen gedachte, wie gewöhnlich. Ja, er klaubte sich
sogar noch eine Zeitung aus einem Papierkorb auf.
Aber nicht, um in ihr zu lesen, sondern um sich mit
ihr zuzudecken. Denn Zeitungen halten warm, das
wissen alle Obdachlosen.

*

Am nächsten Morgen stand Andreas früher auf, als
er gewohnt war, denn er hatte ungewöhnlich gut
geschlafen. Er erinnerte sich nach langer Überle-
gung, dass er gestern ein Wunder erlebt hatte, ein
Wunder. Und da er in dieser letzten warmen Nacht,
zugedeckt von der Zeitung, besonders gut geschlafen zu haben glaubte, wie seit Langem nicht, beschloss er auch, sich zu waschen, was er seit vielen
Monaten, nämlich in der kälteren Jahreszeit, nicht
getan hatte. Bevor er aber seine Kleider ablegte,
griff er noch einmal in die innere linke Rocktasche, wo, seiner Erinnerung nach, der greifbare
Rest des Wunders sich befunden musste. Nun
suchte er eine besonders abgelegene Stelle an der
Böschung der Seine, um sich zumindest Gesicht
und Hals zu waschen. Da es ihm aber schien, dass
überall Menschen, armselige Menschen seiner Art
eben (verkommen, wie er sie auf einmal selbst im
Stillen nannte), seiner Waschung zusehen könnten,

verzichtete er schließlich auf sein Vorhaben und begnügte sich damit, nur die Hände ins Wasser zu tauchen. Hierauf zog er sich den Rock wieder an, griff noch einmal nach dem Schein in der linken inneren Tasche und kam sich vollständig gesäubert und geradezu verwandelt vor.

Er ging in den Tag hinein, in einen seiner Tage, die er seit undenklichen Zeiten zu vertun gewohnt war, entschlossen, sich auch heute in die gewohnte Rue des Quatre-Vents zu begeben, wo sich das russisch-armenische Restaurant Tari-Bari befand und wo er das kärgliche Geld, das ihm der tägliche Zufall beschied, in billigen Getränken anlegte.

Allein an dem ersten Zeitungskiosk, an dem er vorbeikam, blieb er stehen, angezogen von den Illustrationen mancher Wochenschriften, aber auch plötzlich von der Neugier erfasst, zu wissen, welcher Tag heute sei, welches Datum und welchen Namen dieser Tag trage. Er kaufte also eine Zeitung und sah, dass es ein Donnerstag war, und erinnerte sich plötzlich, dass er an einem Donnerstag geboren worden war, und ohne nach dem Datum zu sehen, beschloss er, *diesen* Donnerstag gerade für seinen Geburtstag zu halten. Und da er schon von einer kindlichen Feiertagsfreude ergriffen war, zögerte er auch nicht mehr einen Augenblick, sich guten, ja edlen Vorsätzen hinzugeben und nicht in das Tari-Bari einzutreten, sondern, die Zeitung in der Hand, in eine bessere Taverne, um dort einen Kaffee, allerdings mit Rum arrosiert, zu nehmen und ein Butterbrot zu essen.

Er ging also, selbstbewusst, trotz seiner zerlumpten Kleidung, in ein bürgerliches Bistro, setzte sich an einen Tisch, er, der seit so langer Zeit nur an der Theke zu stehen gewohnt war, das heißt: an ihr zu lehnen. Er setzte sich also. Und da sich seinem Sitz gegenüber ein Spiegel befand, konnte er auch nicht umhin, sein Angesicht zu betrachten, und es war ihm, als machte er jetzt aufs Neue mit sich selbst Bekanntschaft. Da erschrak er allerdings. Er wusste auch zugleich, weshalb er sich in den letzten Jahren vor Spiegeln so gefürchtet hatte. Denn es war nicht gut, die eigene Verkommenheit mit eigenen Augen zu sehen. Und solange man es nicht anschaun musste, war es beinahe so, als hätte man entweder überhaupt kein Angesicht oder noch das alte, das herstammte aus der Zeit *vor* der Verkommenheit.

Jetzt aber erschrak er, wie gesagt, insbesondere, da er seine Physiognomie mit jenen der wohlanständigen Männer verglich, die in seiner Nachbarschaft saßen. Vor acht Tagen hatte er sich rasieren lassen, schlecht und recht, wie es eben ging, von einem seiner Schicksalsgenossen, die hie und da bereit waren, einen Bruder zu rasieren, gegen ein geringes Entgelt. Jetzt aber galt es, da man beschlossen hatte, ein neues Leben zu beginnen, sich wirklich, sich endgültig rasieren zu lassen. Er beschloss, in einen richtigen Friseurladen zu gehen, bevor er noch etwas bestellte.

Gedacht, getan – und er ging in einen Friseurladen.

Als er in die Taverne zurückkam, war der Platz, den er vorher eingenommen hatte, besetzt, und er konnte sich also nur von Ferne im Spiegel sehn. Aber es reichte vollkommen, damit er erkenne, dass er verändert sei, verjüngt und verschönt. Ja, es war, als ginge von seinem Angesicht ein Glanz aus, der die Zerlumptheit der Kleider unbedeutend machte und die sichtlich zerschlissene Hemdbrust – und die rot-weiß gestreifte Krawatte, geschlungen um den Kragen mit rissigem Rand.

Also setzte er sich, unser Andreas, und im Bewusstsein seiner Erneuerung bestellte er mit jener sicheren Stimme, die er dereinst besessen hatte und die ihm jetzt wieder, wie eine alte liebe Freundin, zurückgekommen schien, einen »café, arrosé rhum«. Diesen bekam er auch, und, wie er zu bemerken glaubte, mit allem gehörigen Respekt, wie er sonst von Kellnern ehrwürdigen Gästen gegenüber bezeugt wird. Dies schmeichelte unserm Andreas besonders, es erhöhte ihn auch, und es bestätigte ihm seine Annahme, dass er gerade heute Geburtstag habe.

Ein Herr, der allein in der Nähe des Obdachlosen

saß, betrachtete ihn längere Zeit, wandte sich um und sagte: »Wollen Sie Geld verdienen? Sie können bei mir arbeiten. Ich übersiedle nämlich morgen. Sie könnten meiner Frau und auch den Möbelpackern helfen. Mir scheint, Sie sind kräftig genug. Sie können doch? Sie wollen doch?«

»Gewiss will ich«, antwortete Andreas.

»Und was verlangen Sie«, fragte der Herr, »für eine Arbeit von zwei Tagen? Morgen und Samstag? Denn ich habe eine ziemlich große Wohnung, müssen Sie wissen, und ich beziehe eine noch größere. Und viele Möbel habe ich auch. Und ich selbst habe in meinem Geschäft zu tun.«

»Bitte, ich bin dabei!«, sagte der Obdachlose.

»Trinken Sie?«, fragte der Herr.

Und er bestellte zwei Pernods, und sie stießen an, der Herr und der Andreas, und sie wurden miteinander auch über den Preis einig: Er betrug zweihundert Franc.

»Trinken wir noch einen?«, fragte der Herr, nachdem er den ersten Pernod geleert hatte.

»Aber jetzt werde ich zahlen«, sagte der obdachlose Andreas. »Denn Sie kennen mich nicht: Ich bin ein Ehrenmann. Ein ehrlicher Arbeiter. Sehen Sie meine Hände!« – Und er zeigte seine Hände her. – »Es sind schmutzige, schwielige, aber ehrliche Arbeiterhände.«

»Das hab ich gern!«, sagte der Herr. Er hatte

funkelnde Augen, ein rosa Kindergesicht und genau in der Mitte einen schwarzen, kleinen Schnurrbart. Es war, im Ganzen genommen, ein ziemlich freundlicher Mann, und Andreas gefiel er gut.

Sie tranken also zusammen, und Andreas zahlte die zweite Runde. Und als sich der Herr mit dem Kindergesicht erhob, sah Andreas, dass er sehr dick war. Er zog seine Visitenkarte aus der Brieftasche und schrieb seine Adresse darauf. Und hierauf zog er noch einen Hundertfrancschein aus der gleichen Brieftasche, überreichte beides dem Andreas und sagte dazu: »Damit Sie auch sicher morgen kommen! Morgen früh um acht! Vergessen Sie nicht! Und den Rest bekommen Sie! Und nach der Arbeit trinken wir wieder einen Apéritif zusammen. Auf Wiedersehn!, lieber Freund!« – Dann ging der Herr, der dicke, mit dem Kindergesicht, und den Andreas verwunderte nichts mehr als dies, dass der dicke Mann die Adresse aus der gleichen Tasche gezogen hatte wie das Geld.

Nun, da er Geld besaß und noch Aussicht hatte, mehr zu verdienen, beschloss er, sich ebenfalls eine Brieftasche anzuschaffen. Zu diesem Zweck begab er sich auf die Suche nach einem Lederwarenladen. In dem ersten, der auf seinem Wege lag, stand eine junge Verkäuferin. Sie erschien ihm sehr hübsch, wie sie so hinter dem Ladentisch stand, in einem strengen, schwarzen Kleid, ein weißes Lätzchen über der Brust, mit Löckchen am Kopf und einem schweren Goldreifen am rechten Handgelenk. Er nahm den Hut vor ihr ab und sagte heiter: »Ich suche eine Brieftasche.« Das Mädchen warf einen flüchtigen Blick auf seine schlechte Kleidung, aber es war nichts Böses in ihrem Blick, sondern sie hatte den Kunden nur einfach abschätzen wollen. Denn es befanden sich in ihrem Laden teure, mittelteure und ganz billige Brieftaschen. Um überflüssige Fragen zu ersparen, stieg sie sofort eine Leiter hinauf und holte eine Schachtel aus der höchsten Etagere. Dort lagerten nämlich die Brieftaschen, die manche Kunden zurückgebracht hatten, um sie gegen andere einzutauschen. Hierbei sah Andreas, dass dieses Mädchen sehr schöne Beine und sehr schlanke Halbschuhe hatte, und er erinnerte sich jener halbvergessenen Zeiten, in denen er selbst solche Waden gestreichelt, solche Füße geküsst hatte; aber der Gesichter erinnerte er sich nicht mehr, der Gesichter der Frauen; mit Ausnahme eines einzigen, nämlich jenes, für das er im Gefängnis gesessen hatte.

Indessen stieg das Mädchen von der Leiter, öffnete die Schachtel, und er wählte eine der Brieftaschen, die zuoberst lagen, ohne sie näher anzusehen. Er zahlte und setzte den Hut wieder auf und lächelte dem Mädchen zu, und das Mädchen lächelte wieder. Zerstreut steckte er die neue Brieftasche ein, aber das Geld ließ er daneben liegen. Ohne Sinn erschien ihm plötzlich die Brieftasche. Hingegen beschäftigte er sich mit der Leiter, mit den Beinen, mit den Füßen des Mädchens. Deshalb ging er in die Richtung des Montmartre, jene Stätten zu suchen, an denen er früher Lust genossen hatte. In einem steilen und engen Gässchen fand er auch die Taverne mit den Mädchen. Er setzte sich mit mehreren an einen Tisch, bezahlte eine Runde und wählte eines von den Mädchen, und zwar jenes, das ihm am nächsten saß.

Hierauf ging er zu ihr. Und obwohl es erst Nachmittag war, schlief er bis in den grauenden Morgen – und weil die Wirte gutmütig waren, ließen sie ihn schlafen.

Am nächsten Morgen, am Freitag also, ging er zu der Arbeit, zu dem dicken Herrn. Dort galt es, der Hausfrau beim Einpacken zu helfen, und obwohl die Möbelpacker bereits ihr Werk verrichteten, blieben für Andreas noch genug schwierige und weniger harte Hilfeleistungen übrig. Doch spürte er im Laufe des Tages die Kraft in seine Muskeln zurückkehren und freute sich der Arbeit. Denn bei der Arbeit war er aufgewachsen, ein Kohlenarbeiter, wie sein Vater, und noch ein wenig ein Bauer, wie sein Großvater. Hätte ihn nur die Frau des Hauses nicht so aufgeregt, die ihm sinnlose Befehle erteilte und ihn mit einem einzigen Atemzug hierhin und dorthin beorderte, sodass er nicht wusste, wo ihm der Kopf stand. Aber sie selbst war aufgeregt, er sah es ein. Es konnte auch ihr nicht leichtfallen, so mir nichts, dir nichts zu übersiedeln, und vielleicht hatte sie auch Angst vor dem neuen Haus. Sie stand angezogen, im Mantel, mit Hut und Handschuhen, Täschchen und Regenschirm, obwohl sie doch hätte wissen müssen, dass sie noch einen Tag und eine Nacht und auch morgen noch im Hause verbleiben müsse. Von Zeit zu Zeit musste sie sich die Lippen schminken, Andreas begriff es vortrefflich. Denn sie war eine Dame.

Andreas arbeitete den ganzen Tag. Als er fertig war, sagte die Frau des Hauses zu ihm: »Kommen Sie morgen pünktlich um sieben Uhr früh.« Sie zog ein Beutelchen aus ihrem Täschchen, Silbermünzen lagen darin. Sie suchte lange, ergriff ein Zehnfrancstück, ließ es aber wieder ruhen, dann entschloss sie sich, fünf Franc hervorzuziehen. »Hier ein Trinkgeld!«, sagte sie. »Aber«, so fügte sie hinzu, »vertrinken Sie's nicht ganz, und seien Sie pünktlich morgen hier!«

Andreas dankte, ging, vertrank das Trinkgeld, aber nicht mehr. Er verschlief diese Nacht in einem kleinen Hotel.

Man weckte ihn um sechs Uhr morgens. Und er ging frisch an seine Arbeit.

*

So kam er am nächsten Morgen früher noch als die Möbelpacker. Und wie am vorigen Tage stand die Frau des Hauses schon da, angekleidet, mit Hut und Handschuhen, als hätte sie sich gar nicht schlafen gelegt, und sagte zu ihm freundlich: »Ich sehe also, dass Sie gestern meiner Mahnung gefolgt sind und wirklich nicht alles Geld vertrunken haben.«

Nun machte sich Andreas an die Arbeit. Und er begleitete noch die Frau in das neue Haus, in das sie übersiedelten, und wartete, bis der freundliche, dicke Mann kam, und der bezahlte ihm den versprochenen Lohn.

»Ich lade Sie noch auf einen Trunk ein«, sagte der dicke Herr. »Kommen Sie mit.«

Aber die Frau des Hauses verhinderte es, denn sie trat dazwischen und verstellte geradezu ihrem Mann den Weg und sagte: »Wir müssen gleich essen.« Also ging Andreas allein weg, trank allein und aß allein an diesem Abend und trat noch in zwei Tavernen ein, um an den Theken zu trinken. Er trank viel, aber er betrank sich nicht und gab acht, dass er nicht zu viel Geld ausgäbe, denn er wollte morgen, eingedenk seines Versprechens, in die Kapelle Ste Marie des Batignolles gehen, um wenigstens einen Teil seiner Schuld an die kleine heilige Therese abzustatten. Allerdings trank er gerade so viel, dass er nicht mehr mit einem ganz sicheren Auge und mit dem Instinkt, den nur die Armut verleiht, das allerbilligste Hotel jener Gegend finden konnte.

Also fand er ein etwas teureres Hotel, und auch hier zahlte er im Voraus, weil er zerschlissene Kleider und kein Gepäck hatte. Aber er machte sich gar nichts daraus und schlief ruhig, ja, bis in den Tag hinein. Er erwachte durch das Dröhnen der Glocken einer nahen Kirche und wusste sofort, was heute für ein wichtiger Tag sei: ein Sonntag; und dass er zur kleinen heiligen Therese müsse, um ihr seine Schuld zurückzuzahlen. Flugs fuhr er nun in die Kleider und begab sich schnellen Schrittes zu dem Platz, wo sich die Kapelle befand. Er kam aber dennoch nicht rechtzeitig zur Zehn-Uhr-Messe an, die Leute strömten ihm gerade aus der Kirche entgegen. Er fragte, wann die nächste Messe beginne, und man sagte ihm, sie fände um zwölf Uhr statt. Er wurde ein wenig ratlos, wie er so vor dem Eingang der Kapelle stand. Er hatte noch eine Stunde Zeit, und diese wollte er keineswegs auf der Straße verbringen. Er sah sich also um, wo er am besten warten könne, und erblickte rechts schräg gegenüber der Kapelle ein Bistro, und dorthin ging er und beschloss, die Stunde, die ihm übrig blieb, abzuwarten.

Mit der Sicherheit eines Menschen, der Geld in seiner Tasche weiß, bestellte er einen Pernod, und er trank ihn auch mit der Sicherheit eines Menschen, der schon viele in seinem Leben getrunken hatte. Er trank noch einen zweiten und einen dritten, und er schüttete immer weniger Wasser in sein Glas nach. Und als gar der vierte kam, wusste er nicht mehr, ob er zwei, fünf oder sechs Gläser getrunken hatte. Auch erinnerte er sich nicht mehr, weshalb er in dieses Café und an diesen Ort geraten sei. Er wusste lediglich noch, dass er hier einer Pflicht, einer Ehrenpflicht, zu gehorchen hatte, und er zahlte, erhob sich, ging, immerhin noch sicheren Schrittes, zur Tür hinaus, erblickte die Kapelle schräg links gegenüber und wusste sofort wiederum, wo, warum und wozu er sich hier befinde. Eben wollte er den ersten Schritt in die Richtung der Kapelle lenken, als er plötzlich seinen Namen rufen hörte. »Andreas!«, rief eine Stimme, eine Frauenstimme. Sie kam aus verschütteten Zeiten. Er hielt inne und wandte den Kopf nach rechts, woher die Stimme gekommen war. Und er erkannte sofort das Gesicht, dessentwegen er im Gefängnis gesessen war. Es war Karoline.

Karoline! Zwar trug sie Hut und Kleider, die er nie an ihr gekannt hatte, aber es war doch ihr Gesicht, und also zögerte er nicht, ihr in die Arme zu fallen, die sie im Nu ausgebreitet hatte. »Welch eine Begegnung«, sagte sie. Und es war wahrhaftig ihre Stimme, die Stimme der Karoline.

»Bist du allein?«, fragte sie.

»Ja«, sagte er, »ich bin allein.«

»Komm, wir wollen uns aussprechen«, sagte sie.

»Aber, aber«, erwiderte er, »ich bin verabredet.«

»Mit einem Frauenzimmer?«, fragte sie.

»Ja«, sagte er furchtsam.

»Mit wem?«

»Mit der kleinen Therese«, antwortete er.

»Sie hat nichts zu bedeuten«, sagte Karoline.

In diesem Augenblick fuhr ein Taxi vorbei, und Karoline hielt es mit ihrem Regenschirm auf. Und schon sagte sie eine Adresse dem Chauffeur, und ehe sich es noch Andreas versehen hatte, saß er drinnen im Wagen neben Karoline, und schon rollten sie, schon rasten sie dahin, wie es Andreas schien, durch teils bekannte, teils unbekannte Straßen, weiß Gott, in welche Gefilde!

Jetzt kamen sie in eine Gegend außerhalb der Stadt; lichtgrün, vorfrühlingsgrün war die Landschaft, in der sie hielten, das heißt der Garten, hinter dessen spärlichen Bäumen sich ein verschwiegenes Restaurant verbarg.

Karoline stieg zuerst aus; mit dem Sturmesschritt, den er an ihr gewohnt war, stieg sie zuerst aus, über seine Knie hinweg. Sie zahlte, und er folgte ihr. Und sie gingen ins Restaurant und saßen nebeneinander auf einer Banquette aus grünem Plüsch, wie einst in jungen Zeiten, vor dem Kriminal. Sie bestellte das Essen, wie immer, und sie sah ihn an, und er wagte nicht, sie anzusehen.

»Wo bist du die ganze Zeit gewesen?«, fragte sie.

»Überall, nirgends«, sagte er. »Ich arbeite erst seit zwei Tagen wieder. Die ganze Zeit, seitdem wir uns nicht wiedergesehen haben, habe ich getrunken, und ich habe unter den Brücken geschlafen, wie alle unsereins, und du hast wahrscheinlich ein besseres Leben geführt. – Mit Männern«, fügte er nach einiger Zeit hinzu.

»Und du?«, fragte sie. »Mittendrin, wo du versoffen bist und ohne Arbeit und wo du unter den Brücken schläfst, hast du noch Zeit und Gelegenheit, eine Therese kennenzulernen. Und wenn ich nicht gekommen wäre, zufällig, wärest du wirklich zu ihr hingegangen.«

Er antwortete nicht, er schwieg, bis sie beide das Fleisch gegessen hatten und der Käse kam und das Obst. Und wie er den letzten Schluck Wein aus seinem Glase getrunken hatte, überfiel ihn aufs Neue jener plötzliche Schrecken, den er vor langen Jahren, während der Zeit seines Zusammenlebens mit Karoline, so oft gefühlt hatte. Und er wollte ihr wieder einmal entfliehen, und er rief: »Kellner, zahlen!« Sie aber fuhr ihm dazwischen: »Das ist meine Sache, Kellner!« Der Kellner, es war ein gereifter Mann mit erfahrenen Augen, sagte: »Der Herr hat zuerst gerufen.« Andreas war es also auch, der zahlte. Bei dieser Gelegenheit hatte er das ganze Geld aus der linken inneren Rocktasche hervorgeholt, und nachdem er gezahlt hatte, sah er mit einigem, allerdings durch Weingenuss gemildertem Schrecken, dass er nicht mehr die ganze Summe besaß, die er der kleinen Heiligen schuldete. Aber es geschehen, sagte er sich im Stillen, mir heutzutage so viele Wunder hintereinander, dass ich wohl sicherlich die nächste Woche noch das schuldige Geld aufbringen und zurückzahlen werde.

»Du bist also ein reicher Mann«, sagte Karoline auf der Straße. »Von dieser kleinen Therese lässt du dich wohl aushalten.«

Er erwiderte nichts, und also war sie dessen sicher, dass sie recht hatte. Sie verlangte, ins Kino geführt zu werden. Und er ging mit ihr ins Kino. Nach langer Zeit sah er wieder ein Filmstück. Aber es war schon so lange her, dass er eines gesehen hatte, dass er dieses kaum mehr verstand und an der Schulter der Karoline einschlief. Hierauf gingen sie in ein Tanzlokal, wo man Ziehharmonika spielte, und es war schon so lange her, seitdem er zuletzt getanzt hatte, dass er gar nicht mehr recht tanzen konnte, als er es mit Karoline versuchte. Also nahmen sie ihm andere Tänzer weg, sie war immer noch recht frisch und begehrenswert. Er saß allein am Tisch und trank wieder Pernod, und es war ihm wie in alten Zeiten, wo Karoline auch mit anderen getanzt und er allein am Tisch getrunken hatte. Infolgedessen holte er sie auch plötzlich und gewaltsam aus den Armen eines Tänzers weg und sagte: »Wir gehen nach Hause!« Fasste sie am Nacken und ließ sie nicht mehr los, zahlte und ging mit ihr nach Hause. Sie wohnte in der Nähe.

Und so war alles wie in alten Zeiten, in den Zeiten vor dem Kriminal.

*

Sehr früh am Morgen erwachte er. Karoline schlief noch. Ein einzelner Vogel zwitscherte vor dem offenen Fenster. Eine Zeit lang blieb er mit offenen Augen liegen und nicht länger als ein paar Minuten. In diesen wenigen Minuten dachte er nach. Es kam ihm vor, dass ihm seit langer Zeit nicht so viel Merkwürdiges passiert sei wie in dieser einzigen Woche. Auf einmal wandte er sein Gesicht um und sah Karoline zu seiner Rechten. Was er gestern bei der Begegnung mit ihr nicht gesehen hatte, bemerkte er jetzt: Sie war alt geworden: Blass, aufgedunsen und schwer atmend schlief sie den Morgenschlaf alternder Frauen. Er erkannte den Wandel der Zeiten, die an ihm selbst vorbeigegangen waren. Und er erkannte auch den Wandel seiner selbst, und er beschloss, sofort aufzustehen, ohne Karoline zu wecken, und ebenso zufällig, oder besser gesagt, schicksalshaft wegzugehen, so wie sie beide, Karoline und er, gestern zusammengekommen waren. Verstohlen zog er sich an und ging davon, in einen neuen Tag hinein, in einen seiner gewohnten neuen Tage.

Das heißt, eigentlich in einen seiner ungewohnten. Denn als er in die linke Brusttasche griff, wo er das erst seit einiger Zeit erworbene oder gefundene Geld aufzuheben gewohnt war, bemerkte er, dass ihm nur noch mehr ein Schein von fünfzig Franc verblieben war und ein paar kleine Münzen dazu. Und er, der schon seit langen Jahren nicht gewusst hatte, was Geld bedeute, und auf dessen Bedeutung keineswegs mehr achtgegeben hatte, erschrak nunmehr, so wie einer zu erschrecken pflegt, der gewohnt ist, immer Geld in der Tasche zu haben, und auf einmal in die Verlegenheit gerät, sehr wenig noch in ihr zu finden. Auf einmal schien es ihm, inmitten der morgengrauen, verlassenen Gasse, dass er, der seit unzähligen Monaten Geldlose, plötzlich arm geworden sei, weil er nicht mehr so viele Scheine in der Tasche verspürte, wie er sie in den letzten Tagen besessen hatte. Und es kam ihm vor, dass die Zeit seiner Geldlosigkeit sehr, sehr weit hinter ihm zurückläge und dass er eigentlich den Betrag, welcher den ihm gebührenden Lebensstandard aufrechterhalten sollte, übermütiger- sowie auch leichtfertigerweise für Karoline ausgegeben hatte.

Er war also böse auf Karoline. Und auf einmal begann er, der niemals auf Geldbesitz Wert gelegt hatte, den Wert des Geldes zu schätzen. Auf einmal fand er, dass der Besitz eines Fünfzigfrancscheins lächerlich sei für einen Mann von solchem Wert und dass er überhaupt, um auch nur über den Wert seiner Persönlichkeit sich selber klar zu werden, es unbedingt nötig habe, über sich selbst in Ruhe bei einem Glas Pernod nachzudenken.

Nun suchte er sich unter den nächstliegenden Gaststätten eine aus, die ihm am gefälligsten schien, setzte sich dorthin und bestellte einen Pernod. Während er ihn trank, erinnerte er sich daran, dass er eigentlich ohne Aufenthaltserlaubnis in Paris lebte, und er sah seine Papiere nach. Und hierauf fand er, dass er eigentlich ausgewiesen sei, denn er war als Kohlenarbeiter nach Frankreich gekommen, und er stammte aus Olschowice, aus dem polnischen Schlesien.

*

Hierauf, während er seine halbzerfetzten Papiere vor sich auf dem Tisch ausbreitete, erinnerte er sich daran, dass er eines Tages, vor vielen Jahren, hierhergekommen war, weil man in der Zeitung kundgemacht hatte, dass man in Frankreich Kohlenarbeiter suche. Und er hatte sich sein Lebtag nach einem fernen Lande gesehnt. Und er hatte in den Gruben von Quebecque gearbeitet, und er war einquartiert gewesen bei seinen Landsleuten, dem Ehepaar Schebiec. Und er liebte die Frau, und da der Mann sie eines Tages zu Tode schlagen wollte, schlug er, Andreas, den Mann tot. Dann saß er zwei Jahre im Kriminal.

Diese Frau war eben Karoline.

Und dieses alles dachte Andreas im Betrachten seiner bereits ungültig gewordenen Papiere. Und hierauf bestellte er noch einen Pernod, denn er war ganz unglücklich.

Als er sich endlich erhob, verspürte er zwar eine Art von Hunger, aber nur jenen, von dem lediglich Trinker befallen werden können. Es ist dies nämlich eine besondere Art von Begehrlichkeit (nicht nach Nahrung), die lediglich ein paar Augenblicke dauert und sofort gestillt wird, sobald derjenige, der sie verspürt, sich ein bestimmtes Getränk vorstellt, das ihm in diesem bestimmten Moment zu behagen scheint.

Lange schon hatte Andreas vergessen, wie er mit Vatersnamen hieß. Jetzt aber, nachdem er soeben seine ungültigen Papiere noch einmal gesehen hatte, erinnerte er sich daran, dass er Kartak hieße:

Andreas Kartak. Und es war ihm, als entdeckte er sich selbst erst seit langen Jahren wieder.

Immerhin grollte er einigermaßen dem Schicksal, das ihm nicht wieder, wie das letzte Mal, einen dicken, schnurrbärtigen, kindergesichtigen Mann in dieses Caféhaus geschickt hatte, der es ihm möglich gemacht hätte, neues Geld zu verdienen. Denn an nichts gewöhnen sich die Menschen so leicht wie an Wunder, wenn sie ihnen ein-, zwei-, dreimal widerfahren sind. Ja! Die Natur der Menschen ist derart, dass sie sogar böse werden, wenn ihnen nicht unaufhörlich all jenes zuteil wird, was ihnen ein zufälliges und vorübergehendes Geschick versprochen zu haben scheint. So sind die Menschen – und was wollten wir anderes von Andreas erwarten? Den Rest des Tages verbrachte er also in verschiedenen anderen Tavernen, und er gab sich bereits damit zufrieden, dass die Zeit der Wunder, die er erlebt hatte, vorbei sei, endgültig vorbei sei, und seine alte Zeit nun wieder begonnen habe. Und zu jenem langsamen Untergang entschlossen, zu dem Trinker immer bereit sind – Nüchterne werden das nie erfahren! –, begab sich Andreas wieder an die Ufer der Seine unter die Brücken.

Er schlief dort, halb bei Tag und halb bei Nacht, so wie er es gewohnt gewesen war seit einem Jahr, hier und dort eine Flasche Schnaps ausleihend bei dem und jenem seiner Schicksalsgenossen – bis zur Nacht des Donnerstags auf Freitag.

In jener Nacht nämlich träumte ihm, dass die kleine Therese in der Gestalt eines blondgelockten Mädchens zu ihm käme und ihm sagte: »Warum bist du letzten Sonntag nicht bei mir gewesen?« Und die kleine Heilige sah genauso aus, wie er sich vor vielen Jahren seine eigene Tochter vorgestellt hatte. Und er hatte gar keine Tochter! Und im Traum sagte er zu der kleinen Therese: »Wie sprichst du zu mir? Hast du vergessen, dass ich dein Vater bin?« Die Kleine antwortete: »Verzeih, Vater, aber tu mir den Gefallen und komm über morgen, Sonntag, zu mir in die Ste Marie des Batignolles.«

Nach dieser Nacht, in der er diesen Traum geträumt hatte, erhob er sich erfrischt und wie vor einer Woche, als ihm noch die Wunder geschehen waren, so als nähme er den Traum für ein wahres Wunder. Noch einmal wollte er sich am Flusse waschen. Aber bevor er seinen Rock zu diesem Zweck ablegte, griff er in die linke Brusttasche, in der vagen Hoffnung, es könnte sich dort noch irgendetwas Geld befinden, von dem er vielleicht gar nichts gewusst hätte. Er griff in die linke innere Brusttasche seines Rockes, und seine Hand fand dort zwar keinen Geldschein, wohl aber jene lederne Brieftasche, die er vor ein paar Tagen gekauft hatte. Diese zog er hervor. Es war eine äußerst billige, bereits verbrauchte, umgetauschte, wie nicht anders zu erwarten.

Spaltleder. Rindsleder. Er betrachtete sie, weil er sich nicht mehr erinnerte, dass, wo und wann er sie gekauft hatte. Wie kommt das zu mir?, fragte er sich. Schließlich öffnete er das Ding und sah, dass es zwei Fächer hatte. Neugierig sah er in beide hinein, und in einem von ihnen war ein Geldschein. Und er zog ihn hervor, es war ein Tausendfrancschein. Hierauf steckte er die tausend Franc in die Hosentasche und ging an das Ufer der Seine, und ohne sich um seine Unheilsgenossen zu kümmern, wusch er sich Gesicht und den Hals sogar, und dies beinahe fröhlich. Hierauf zog er sich den Rock wieder an und ging in den Tag hinein, und er begann den Tag damit, dass er in ein Tabac eintrat, um Zigaretten zu kaufen.

Nun hatte er zwar Kleingeld genug, um die Zigaretten bezahlen zu können, aber er wusste nicht, bei welcher Gelegenheit er den Tausendfrancschein, den er so wunderbarerweise in der Brieftasche gefunden hatte, wechseln könnte. Denn so viel Welterfahrung besaß er schon, dass er ahnte, es bestünde in den Augen der Welt, das heißt, in den Augen der maßgebenden Welt, ein bedeutender Gegensatz zwischen seiner Kleidung, seinem Aussehen und einem Schein von tausend Franc.

Immerhin beschloss er, mutig, wie er durch das erneuerte Wunder geworden war, die Banknote zu zeigen. Allerdings, den Rest der Klugheit noch gebrauchend, der ihm verblieben war, um dem Herrn an der Kasse des Tabacs zu sagen: »Bitte, wenn Sie tausend Franc nicht wechseln können, gebe ich Ihnen auch Kleingeld. Ich möchte sie aber gerne gewechselt haben.«

Zum Erstaunen Andreas' sagte der Herr vom Tabac: »Im Gegenteil! Ich brauche einen Tausendfrancschein, Sie kommen mir sehr gelegen.« Und der Besitzer wechselte den Tausendfrancschein. Hierauf blieb Andreas ein wenig an der Theke stehen und trank drei Gläser Weißwein; gewissermaßen aus Dankbarkeit gegenüber dem Schicksal.

*

Indes er so an der Theke stand, fiel ihm eine eingerahmte Zeichnung auf, die hinter dem breiten Rücken des Wirtes an der Wand hing, und diese Zeichnung erinnerte ihn an einen alten Schulkameraden aus Olschowice. Er fragte den Wirt: »Wer ist das? Den kenne ich, glaube ich.« Darauf brachen sowohl der Wirt als auch sämtliche Gäste, die an der Theke standen, in ein ungeheures Gelächter aus. Und sie riefen alle: »Wie, er kennt ihn nicht!«

Denn es war in der Tat der große Fußballspieler Kanjak, schlesischer Abkunft, allen normalen Menschen wohlbekannt. Aber woher sollten ihn Alkoholiker, die unter den Seine-Brücken schliefen, kennen, und wie, zum Beispiel, unser Andreas? Da er sich aber schämte, und insbesondere deshalb, weil er soeben einen Tausendfrancschein gewechselt hatte, sagte Andreas: »Oh, natürlich kenne ich ihn, und es ist sogar mein Freund. Aber die Zeichnung schien mir missraten.« Hierauf, und damit man ihn nicht weiter frage, zahlte er schnell und ging.

Jetzt verspürte er Hunger. Er suchte also das nächste Gasthaus auf und aß und trank einen roten Wein und nach dem Käse einen Kaffee und beschloss, den Nachmittag in einem Kino zu verbringen. Er wusste nur noch nicht, in welchem. Er begab sich also im Bewusstsein dessen, dass er im Augenblick so viel Geld besäße wie jeder der wohlhabenden Männer, die ihm auf der Straße entgegenkommen mochten, auf die großen Boulevards. Zwischen der Oper und dem Boulevard des Capucines suchte er nach einem Film, der ihm wohl gefallen möchte, und schließlich fand er einen. Das Plakat, das diesen Film ankündigte, stellte nämlich einen Mann dar, der in einem fernen Abenteuer offenbar unterzugehen gedachte. Er schlich, wie das Plakat vorgab, durch eine erbarmungslose, sonnverbrannte Wüste. In dieses Kino trat nun

Andreas ein. Er sah den Film vom Mann, der durch die sonnverbrannte Wüste geht. Und schon war Andreas im Begriffe, den Helden des Films sympathisch und ihn sich selbst verwandt zu fühlen, als plötzlich das Kinostück eine unerwartet glückliche Wendung nahm und der Mann in der Wüste von einer vorbeiziehenden, wissenschaftlichen Karawane gerettet und in den Schoß der europäischen Zivilisation zurückgeführt wurde. Hierauf verlor Andreas jede Sympathie für den Helden des Films. Und schon war er im Begriff, sich zu erheben, als auf der Leinwand das Bild jenes Schulkameraden erschien, dessen Zeichnung er vor einer Weile, an der Theke stehend, hinter dem Rücken des Wirtes der Taverne gesehen hatte. Es war der große Fußballspieler Kanjak. Hierauf erinnerte sich Andreas, dass er einmal, vor zwanzig Jahren, mit Kanjak zusammen in der gleichen Schulbank gesessen hatte, und er beschloss, sich morgen sofort zu erkundigen, ob sein alter Schulkollege sich in Paris aufhielte.

Denn er hatte, unser Andreas, nicht weniger als neunhundertachtzig Franc in der Tasche. Und dies ist nicht wenig.

*

Bevor er aber das Kino verließ, fiel es ihm ein, dass er es gar nicht nötig hätte, bis morgen früh auf die

Adresse seines Freundes und Schulkameraden zu warten; insbesondere in Anbetracht der ziemlich hohen Summe, die er in der Tasche liegen hatte.

Er war jetzt, in Anbetracht des Geldes, das ihm verblieb, so mutig geworden, dass er beschloss, sich an der Kasse nach der Adresse seines Freundes zu erkundigen, des berühmten Fußballspielers Kanjak. Er hatte gedacht, man müsste zu diesem Zweck den Direktor des Kinos persönlich fragen. Aber nein! Wer war in ganz Paris so bekannt wie der Fußballspieler Kanjak? Der Türsteher schon kannte seine Adresse. Er wohnte in einem Hotel in den Champs-Élysées. Der Türsteher sagte ihm auch den Namen des Hotels; und sofort begab sich unser Andreas auf den Weg dorthin.

Es war ein vornehmes, kleines und stilles Hotel, gerade eines jener Hotels, in denen Fußballspieler und Boxer, die Elite unserer Zeit, zu wohnen pflegen. Andreas kam sich in der Vorhalle etwas fremd vor, und auch den Angestellten des Hotels kam er etwas fremd vor. Immerhin sagten sie, der berühmte Fußballspieler Kanjak sei zu Hause und bereit, jeden Moment in die Vorhalle zu kommen.

Nach ein paar Minuten kam er auch herunter, und sie erkannten sich beide sofort. Und sie tauschten im Stehen noch alte Schulerinnerungen aus, und hierauf gingen sie zusammen essen, und es herrschte große Fröhlichkeit zwischen beiden. Sie gingen zusammen essen, und es ergab sich also infolgedessen, dass der berühmte Fußballspieler seinen verkommenen Freund Folgendes fragte:

»Warum schaust du so verkommen aus, was trägst du überhaupt für Lumpen an deinem Leib?«

»Es wäre schrecklich«, antwortete Andreas, »wenn ich erzählen wollte, wie das alles gekommen ist. Und es würde auch die Freude an unserem glücklichen Zusammentreffen bedeutsam stören. Lass uns darüber lieber kein Wort verlieren. Reden wir von was Heiterem.«

»Ich habe viele Anzüge«, sagte der berühmte Fußballspieler Kanjak. »Und es wird mir eine Freude sein, dir den einen oder den anderen davon abzugeben. Du hast neben mir in der Schulbank gesessen, und du hast mich abschreiben lassen. Was bedeutet schon ein Anzug für mich! Wo soll ich ihn dir hinschicken?«

»Das kannst du nicht«, erwiderte Andreas, »und zwar einfach deshalb, weil ich keine Adresse habe. Ich wohne nämlich seit einiger Zeit unter den Brücken an der Seine.«

»So werde ich dir also«, sagte der Fußballspieler Kanjak, »ein Zimmer mieten, einfach zu dem Zweck, dir einen Anzug schenken zu können. Komm!«

Nachdem sie gegessen hatten, gingen sie hin, und der Fußballspieler Kanjak mietete ein Zimmer, und dieses kostete fünfundzwanzig Franc pro Tag und war gelegen in der Nähe der großartigen Kirche von Paris, die unter dem Namen Madeleine bekannt ist.

*

Das Zimmer war im fünften Stock gelegen, und Andreas und der Fußballspieler mussten den Lift benützen. Andreas besaß selbstverständlich kein Gepäck. Aber weder der Portier noch der Liftboy noch sonst irgendeiner von dem Personal des Hotels verwunderte sich darüber. Denn es war einfach ein Wunder, und innerhalb des Wunders gibt es nichts Verwunderliches. Als sie beide im Zimmer oben standen, sagte der Fußballspieler Kanjak zu seinem Schulbankgenossen Andreas: »Du brauchst wahrscheinlich eine Seife.«

»Unsereins«, erwiderte Andreas, »kann auch ohne Seife leben. Ich gedenke hier acht Tage ohne Seife zu wohnen, und ich werde mich trotzdem waschen. Ich möchte aber, dass wir uns zur Ehre dieses Zimmers sofort etwas zum Trinken bestellen.«

Und der Fußballspieler bestellte eine Flasche Cognac. Diese tranken sie bis zur Neige. Hierauf verließen sie das Zimmer und nahmen ein Taxi und fuhren auf den Montmartre, und zwar in jenes Café, wo die Mädchen saßen und wo Andreas erst ein paar Tage vorher gewesen war. Nachdem sie dort zwei Stunden gesessen und Erinnerungen aus der Schulzeit ausgetauscht hatten, führte der Fußballspieler Andreas nach Hause, das heißt, in das Hotelzimmer, das er ihm gemietet hatte, und sagte zu ihm: »Jetzt ist es spät. Ich lasse dich allein. Ich schicke dir morgen zwei Anzüge. Und – brauchst du Geld?«

»Nein«, sagte Andreas, »ich habe neunhundertachtzig Franc, und das ist nicht wenig. Geh nach Hause!«

»Ich komme in zwei oder drei Tagen«, sagte der Freund, der Fußballspieler.

*

Das Hotelzimmer, in dem Andreas nunmehr wohnte, hatte die Nummer neunundachtzig. Sobald Andreas sich allein in diesem Zimmer befand, setzte er sich in den bequemen Lehnstuhl, der mit rosa Rips überzogen war, und begann, sich umzusehn. Er sah zuerst die rotseidene Tapete, unterbrochen von zartgoldenen Papageienköpfen, an den Wänden drei elfenbeinerne Knöpfe, rechts an der Türleiste und in der Nähe des Bettes den Nachttisch und die Lampe darüber mit dunkelgrünem Schirm und ferner eine Tür mit einem weißen Knauf, hinter der sich etwas Geheimnisvolles, jedenfalls für Andreas Geheimnisvolles, zu verbergen schien. Ferner gab es in der Nähe des Bettes ein schwarzes Telefon, dermaßen angebracht, dass auch ein im Bett Liegender das Hörrohr ganz leicht mit der rechten Hand erfassen kann.

Andreas, nachdem er lange das Zimmer betrachtet hatte und darauf bedacht gewesen war, sich auch mit ihm vertraut zu machen, wurde plötzlich neugierig. Denn die Tür mit dem weißen Knauf irritierte ihn, und trotz seiner Angst und obwohl er der Hotelzimmer ungewohnt war, erhob er sich und beschloss nachzusehen, wohin die Tür führe. Er hatte gedacht, sie sei selbstverständlich verschlossen. Aber wie groß war sein Erstaunen, als sie sich freiwillig, beinahe zuvorkommend, öffnete!

Er sah nunmehr, dass es ein Badezimmer war, mit glänzenden Kacheln und mit einer Badewanne, schimmernd und weiß, und mit einer Toilette, und kurz und gut, das, was man in seinen Kreisen eine Bedürfnisanstalt hätte nennen können.

In diesem Augenblick auch verspürte er das Bedürfnis, sich zu waschen, und er ließ heißes und kaltes Wasser aus den beiden Hähnen in die Wanne rinnen. Und wie er sich auszog, um in sie hineinzusteigen, bedauerte er auch, dass er keine Hemden habe, denn wie er sich das Hemd auszog, sah er, dass es sehr schmutzig war, und von vornherein schon hatte er Angst vor dem Augenblick, in dem er wieder aus dem Bad gestiegen und dieses Hemd anziehen müsste.

Er stieg in das Bad, er wusste wohl, dass es eine lange Zeit her war, seitdem er sich gewaschen hatte. Er badete geradezu mit Wollust, erhob sich, zog sich wieder an und wusste nun nicht mehr, was er mit sich anfangen sollte.

Mehr aus Ratlosigkeit als aus Neugier öffnete er die Tür des Zimmers, trat in den Korridor und erblickte hier eine junge Frau, die aus ihrem Zimmer gerade herauskam, wie er eben selbst. Sie war schön und jung, wie ihm schien.

Ja, sie erinnerte ihn an die Verkäuferin in dem Laden, wo er die Brieftasche erstanden hatte, und ein bisschen auch an Karoline, und infolgedessen verneigte er sich leicht vor ihr und grüßte sie, und da sie ihm antwortete, mit einem Kopfnicken, fasste er sich ein Herz und sagte ihr geradewegs: »Sie sind schön.«

»Auch Sie gefallen mir«, antwortete sie, »einen Augenblick! Vielleicht sehen wir uns morgen.« – Und sie ging dahin im Dunkel des Korridors. Er aber, liebebedürftig, wie er plötzlich geworden war, sah nach der Nummer ihrer Tür, hinter der sie wohnte.

Und es war die Nummer siebenundachtzig. Diese merkte er sich in seinem Herzen.

Er kehrte wieder in sein Zimmer zurück, wartete, lauschte und war schon entschlossen, nicht erst den Morgen abzuwarten, um mit dem schönen Mädchen zusammenzukommen. Denn, obwohl er durch die fast ununterbrochene Reihe der Wunder in den letzten Tagen bereits überzeugt war, dass sich die Gnade auf ihn niedergelassen hatte, glaubte er doch gerade deswegen, zu einer Art Übermut berechtigt zu sein, und er nahm an, dass er gewissermaßen aus Höflichkeit der Gnade noch zuvorkommen müsste, ohne sie im Geringsten zu kränken. Wie er nun also die leisen Schritte des Mädchens von Nummer siebenundachtzig zu vernehmen glaubte, öffnete er vorsichtig die Tür seines Zimmers einen Spaltbreit und sah, dass sie es wirklich war, die in ihr Zimmer zurückkehrte. Was er aber freilich infolge seiner langjährigen Unerfahrenheit nicht bemerkte, war der nicht gering zu schätzende Umstand, dass auch das schöne Mädchen sein Spähen bemerkt hatte. Infolgedessen machte sie, wie sie es Beruf und Gewohnheit gelehrt hatten, hastig und hurtig eine scheinbare Ordnung in ihrem Zimmer und löschte die Deckenlampe aus und legte sich aufs Bett und nahm beim Schein der Nachttischlampe ein Buch in die Hand und las darin; aber es war ein Buch, das sie bereits längst gelesen hatte.

Eine Weile später klopfte es auch zage an ihrer Tür, wie sie es auch erwartet hatte, und Andreas trat ein. Er blieb an der Schwelle stehen, obwohl er bereits die Gewissheit hatte, dass er im nächsten Augenblick die Einladung bekommen würde näherzutreten. Denn das hübsche Mädchen rührte sich nicht aus ihrer Stellung, sie legte nicht einmal das Buch aus der Hand, sie fragte nur: »Und was wünschen Sie?«

Andreas, sicher geworden durch Bad, Seife, Lehnstuhl, Tapete, Papageienköpfe und Anzug, erwiderte: »Ich kann nicht bis morgen warten, Gnädige.« Das Mädchen schwieg.

Andreas trat näher an sie heran, fragte sie, was sie lese, und sagte aufrichtig: »Ich interessiere mich nicht für Bücher.«

»Ich bin nur vorübergehend hier«, sagte das Mädchen auf dem Bett, »ich bleibe nur bis Sonntag hier. Am Montag muss ich nämlich in Cannes wieder auftreten.«

»Als was?«, fragte Andreas.

»Ich tanze im Kasino. Ich heiße Gabby. Haben Sie den Namen noch nie gehört?«

»Gewiss, ich kenne ihn aus den Zeitungen«, log Andreas – und er wollte hinzufügen: mit denen ich mich zudecke. Aber er vermied es.

Er setzte sich an den Rand des Bettes, und das schöne Mädchen hatte nichts dagegen. Sie legte so-

gar das Buch aus der Hand, und Andreas blieb bis
zum Morgen in Zimmer siebenundachtzig.

*

Am Samstagmorgen erwachte er mit dem festen
Entschluss, sich von dem schönen Mädchen bis
zu ihrer Abreise nicht mehr zu trennen. Ja, in ihm
blühte sogar der zarte Gedanke an eine Reise mit
der jungen Frau nach Cannes, denn er war, wie alle
armen Menschen, geneigt, kleine Summen, die er
in der Tasche hatte (und insbesondere die trinken-
den armen Menschen neigen dazu), für große zu
halten. Er zählte also am Morgen seine neunhundertachtzig Franc noch einmal nach. Und da sie
in einer Brieftasche lagen und da diese Brieftasche
in einem neuen Anzug steckte, hielt er die Summe
um das Zehnfache vergrößert. Infolgedessen war
er auch keineswegs erregt, als eine Stunde später,
nachdem er es verlassen hatte, das schöne Mädchen bei ihm eintrat, ohne anzuklopfen, und da sie
ihn fragte, wie sie beide den Samstag zu verbringen hätten, vor ihrer Abreise nach Cannes, sagte er
aufs Geratewohl: »Fontainebleau.« Irgendwo, halb
im Traum, hatte er es vielleicht gehört. Er wusste
jedenfalls nicht mehr, warum und wieso ihm dieser
Ortsname auf die Zunge gekommen war.

Sie mieteten also ein Taxi, und sie fuhren nach

Fontainebleau, und dort erwies es sich, dass das schöne Mädchen ein gutes Restaurant kannte, in dem man gute Speisen speisen und guten Trank trinken konnte. Und auch den Kellner kannte sie, und sie nannte ihn beim Vornamen. Und wenn unser Andreas eifersüchtig von Natur gewesen wäre, so hätte er wohl auch böse werden können. Aber er war nicht eifersüchtig, und also wurde er auch nicht böse. Sie verbrachten eine Zeit lang beim Essen und Trinken und fuhren hierauf, noch einmal im Taxi, zurück nach Paris, und auf einmal lag der strahlende Abend von Paris vor ihnen, und sie wussten nichts mit ihm anzufangen, eben wie Menschen nicht wissen, die nicht zueinander gehören und die nur zufällig zueinander gestoßen sind. Die Nacht breitete sich vor ihnen aus wie eine allzu lichte Wüste.

Und sie wussten nicht mehr, was miteinander anzufangen, nachdem sie leichtfertigerweise das wesentliche Erlebnis vergeudet hatten, das Mann und Frau gegeben ist. Also beschlossen sie, was den Menschen unserer Zeit vorbehalten bleibt, sobald sie nicht wissen, was anzufangen, ins Kino zu gehen. Und sie saßen da, und es war keine Finsternis, nicht einmal ein Dunkel, und knapp konnte man es noch ein Halbdunkel nennen. Und sie drückten einander die Hände, das Mädchen und unser Freund Andreas. Aber sein Händedruck war gleichgültig, und er litt selber darunter. Er selbst. Hierauf, als die Pause kam, beschloss er, mit dem schönen Mädchen in die Halle zu gehen und zu trinken, und sie gingen auch beide hin, und sie tranken. Und das Kino interessierte ihn keineswegs mehr. Sie gingen in einer ziemlichen Beklommenheit ins Hotel.

Am nächsten Morgen, es war Sonntag, erwachte Andreas in dem Bewusstsein seiner Pflicht, dass er das Geld zurückzahlen müsse.

Er erhob sich schneller als am letzten Tag und so schnell, dass das schöne Mädchen aus dem Schlaf aufschrak und ihn fragte: »Warum so schnell, Andreas?«

»Ich muss eine Schuld bezahlen«, sagte Andreas.

»Wie? Heute am Sonntag?«, fragte das schöne Mädchen. »Ja, heute am Sonntag«, erwiderte Andreas.

»Ist es eine Frau oder ein Mann, dem du Geld schuldig bist?«

»Eine Frau«, sagte Andreas zögernd.

»Wie heißt sie?«

»Therese.«

Daraufhin sprang das schöne Mädchen aus dem Bett, ballte die Fäuste und schlug sie auch beide Andreas ins Gesicht.

Und daraufhin floh er aus dem Zimmer, und er verließ das Hotel. Und ohne sich weiter umzusehn, ging er in die Richtung der Ste Marie des Batignolles, in dem sicheren Bewusstsein, dass er heute endlich der kleinen Therese die zweihundert Franc zurückzahlen könnte.

*

Nun wollte es die Vorsehung – oder wie weniger gläubige Menschen sagen würden: der Zufall –, dass Andreas wieder einmal knapp nach der Zehn-Uhr-Messe ankam. Und es war selbstverständlich, dass er in der Nähe der Kirche das Bistro erblickte, in dem er zuletzt getrunken hatte, und dort trat er auch wieder ein.

Er bestellte also zu trinken. Aber vorsichtig, wie er war und wie es alle Armen dieser Welt sind, selbst wenn sie Wunder über Wunder erlebt haben, sah er zuerst nach, ob er wirklich auch Geld genug besäße, und er zog seine Brieftasche heraus. Und da sah er, dass von seinen neunhundertachtzig Franc kaum noch mehr etwas übrig war.

Es blieben ihm nämlich nur zweihundertfünfzig. Er dachte nach und erkannte, dass ihm das schöne Mädchen im Hotel das Geld genommen hatte. Aber unser Andreas machte sich gar nichts daraus. Er sagte sich, dass er für jede Lust zu zahlen habe, und er hatte Lust genossen, und er hatte also auch zu bezahlen.

Er wollte hier abwarten, so lange, bis die Glocken läuteten, die Glocken der nahen Kapelle, um zur Messe zu gehen und um dort endlich die Schuld der kleinen Heiligen abzustatten. Inzwischen wollte er trinken, und er bestellte zu trinken. Er trank. Die Glocken, die zur Messe riefen, begannen zu dröhnen, und er rief: »Zahlen, Kellner!«, zahlte, erhob sich, ging hinaus und stieß knapp vor der Tür mit einem sehr großen breitschultrigen Mann zusammen. Den nannte er sofort: »Woitech.« Und dieser rief zu gleicher Zeit: »Andreas!« Sie sanken einander in die Arme, denn sie waren beide zusammen Kohlenarbeiter gewesen in Quebecque, zusammen beide in einer Grube.

»Wenn du mich hier erwarten willst«, sagte Andreas, »zwanzig Minuten nur, so lange, wie die Messe dauert, nicht einen Moment länger!«

»Grad nicht«, sagte Woitech. »Seit wann gehst du überhaupt in die Messe? Ich kann die Pfaffen nicht leiden und noch weniger die Leute, die zu den Pfaffen gehn.«

»Aber ich gehe zur kleinen Therese«, sagte Andreas, »ich bin ihr Geld schuldig.«

»Meinst du die kleine heilige Therese?«, fragte Woitech. »Ja, die meine ich«, erwiderte Andreas.

»Wie viel schuldest du ihr?«, fragte Woitech. »Zweihundert Franc!«, sagte Andreas.

»Dann begleite ich dich!«, sagte Woitech.

Die Glocken dröhnten immer noch. Sie gingen in die Kirche, und wie sie drinnen standen und die Messe gerade begonnen hatte, sagte Woitech mit flüsternder Stimme: »Gib mir sofort hundert Franc! Ich erinnere mich eben, dass mich drüben einer erwartet, ich komme sonst ins Kriminal!«

Unverzüglich gab ihm Andreas die ganzen zwei Hundertfrancscheine, die er noch besaß, und sagte: »Ich komme sofort nach.«

Und wie er nun einsah, dass er kein Geld mehr hatte, um es der Therese zurückzuzahlen, hielt er es auch für sinnlos, noch länger der Messe beizuwohnen. Nur aus Anstand wartete er noch fünf Minuten und ging dann hinüber in das Bistro, wo Woitech auf ihn wartete.

Von nun an blieben sie Kumpane, denn das versprachen sie einander gegenseitig.

Freilich hatte Woitech keinen Freund gehabt, dem er Geld schuldig gewesen wäre. Den einen Hundertfrancschein, den ihm Andreas geborgt hatte, verbarg er sorgfältig im Taschentuch und machte einen Knoten darum. Für die andern hundert Franc lud er Andreas ein, zu trinken und noch einmal zu trinken und noch einmal zu trinken, und in der Nacht gingen sie in jenes Haus, wo die gefälligen Mädchen saßen, und dort blieben sie auch alle beide drei Tage, und als sie wieder herauskamen, war es Dienstag, und Woitech trennte sich von Andreas mit den Worten: »Sonntag sehen wir uns wieder, um dieselbe Zeit und an der gleichen Stelle und am selben Ort.«

»Servus!«, sagte Andreas.

»Servus!«, sagte Woitech und verschwand.

*

Es war ein regnerischer Dienstagnachmittag, und es regnete so dicht, dass Woitech im nächsten Augenblick tatsächlich verschwunden war. Jedenfalls schien es Andreas also.

Es schien ihm, dass sein Freund verloren gegangen war im Regen, genauso, wie er ihn zufällig getroffen hatte, und da er kein Geld mehr in der Tasche besaß, ausgenommen fünfunddreißig Franc, und verwöhnt vom Schicksal, wie er sich glaubte, und der Wunder sicher, die ihm gewiss noch geschehen würden, beschloss er, wie alle Armen und des Trunkes Gewohnten es tun, sich wieder dem Gott anzuvertrauen, dem einzigen, an den er glaubte. Also ging er zur Seine und die gewohnte Treppe hinunter, die zu der Heimstätte der Obdachlosen führt. Hier stieß er auf einen Mann, der eben im Begriffe war, die Treppe hinaufzusteigen, und der ihm sehr bekannt vorkam. Infolgedessen grüßte Andreas ihn höflich. Es war ein etwas älterer, gepflegt aussehender Herr, der stehen blieb,

Andreas genau betrachtete und schließlich fragte: »Brauchen Sie Geld, lieber Herr?«

An der Stimme erkannte Andreas, dass es jener Herr war, den er drei Wochen vorher getroffen hatte. Also sagte er: »Ich erinnere mich wohl, dass ich Ihnen noch Geld schuldig bin, ich sollte es der heiligen Therese zurückbringen. Aber es ist allerhand dazwischengekommen, wissen Sie. Und ich bin schon das dritte Mal daran verhindert gewesen, das Geld zurückzugeben.«

»Sie irren sich«, sagte der ältere, wohlangezogene Herr, »ich habe nicht die Ehre, Sie zu kennen. Sie verwechseln mich offenbar, aber es scheint mir, dass Sie in einer Verlegenheit sind. Und was die heilige Therese betrifft, von der Sie eben gesprochen haben, bin ich ihr dermaßen menschlich verbunden, dass ich selbstverständlich bereit bin, Ihnen das Geld vorzustrecken, das Sie ihr schuldig sind. Wie viel macht es denn?«

»Zweihundert Franc«, erwiderte Andreas, »aber verzeihen Sie, Sie kennen mich ja nicht! Ich bin ein Ehrenmann, und Sie können mich kaum mahnen. Ich habe nämlich wohl meine Ehre, aber keine Adresse. Ich schlafe unter einer dieser Brücken.«

»Oh, das macht nichts!«, sagte der Herr. »Auch ich pflege da zu schlafen. Und Sie erweisen mir geradezu einen Gefallen, für den ich nicht genug dankbar sein kann, wenn Sie mir das Geld abnehmen. Denn auch ich bin der kleinen Therese so viel schuldig!«

»Dann«, sagte Andreas, »allerdings stehe ich zu Ihrer Verfügung.«

Er nahm das Geld, wartete eine Weile, bis der Herr die Stufen hinaufgeschritten war, und ging dann selber die gleichen Stufen hinauf und geradewegs in die Rue des Quatre-Vents in sein altes Restaurant, in das russisch-armenische Tari-Bari, und dort blieb er bis zum Samstagabend. Und da erinnerte er sich, dass morgen Sonntag sei und dass er in die Kapelle Ste Marie des Batignolles zu gehen habe.

*

Im Tari-Bari waren viele Leute, denn manche schliefen dort, die kein Obdach hatten, tagelang, nächtelang, des Tags hinter der Theke und des Nachts auf den Banquetten. Andreas erhob sich am Sonntag sehr früh, nicht so sehr wegen der Messe, die er zu versäumen gefürchtet hätte, wie aus Angst vor dem Wirt, der ihn mahnen würde, Trank und Speise und Quartier für so viele Tage zu bezahlen.

Er irrte sich aber, denn der Wirt war bereits viel früher aufgestanden als er. Denn der Wirt kannte ihn schon seit Langem und wusste, dass unser Andreas dazu neigte, jede Gelegenheit wahrzunehmen, um Zahlungen auszuweichen. Infolgedessen musste unser Andreas bezahlen, von Dienstag bis Sonntag, reichlich Speise und Getränke und viel mehr noch, als er gegessen und getrunken hatte. Denn der Wirt vom Tari-Bari wusste zu unterscheiden, welche von seinen Kunden rechnen konnten und welche nicht. Aber unser Andreas gehörte zu jenen, die nicht rechnen konnten, wie viele Trinker. Andreas zahlte also einen großen Teil des Geldes, das er bei sich hatte, und begab sich dennoch in die Richtung der Kapelle Ste Marie des Batignolles. Aber er wusste wohl schon, dass er nicht mehr genügend Geld hatte, um der heiligen Therese alles zurückzuzahlen. Und er dachte ebenso an seinen Freund Woitech, mit dem er sich verabredet hatte, genau in dem gleichen Maße wie an seine kleine Gläubigerin.

Nun also kam er in der Nähe der Kapelle an, und es war wieder leider nach der Zehn-Uhr-Messe, und noch einmal strömten ihm die Menschen entgegen, und wie er so gewohnt den Weg zum Bistro einschlug, hörte er hinter sich rufen, und plötzlich fühlte er eine derbe Hand auf seiner Schulter. Und wie er sich umwandte, war es ein Polizist.

Unser Andreas, der, wie wir wissen, keine Papiere hatte, wie so viele seinesgleichen, erschrak und griff schon in die Tasche, einfach um sich den Anschein zu geben, er hätte etwelche Papiere, die richtig seien. Der Polizist aber sagte: »Ich weiß schon, was Sie suchen. In der Tasche suchen Sie es vergeblich! Ihre Brieftasche haben Sie eben verloren. Hier ist sie, und«, so fügte er noch scherzhaft hinzu, »das kommt davon, wenn man Sonntag am frühen Vormittag schon so viele Apéritifs getrunken hat! …«

Andreas ergriff schnell die Brieftasche, hatte kaum Gelassenheit genug, den Hut zu lüften, und ging stracks ins Bistro hinüber.

Dort fand er den Woitech bereits vor und erkannte ihn nicht auf den ersten Blick, sondern erst nach einer längeren Weile. Dann aber begrüßte ihn unser Andreas umso herzlicher. Und sie konnten gar nicht aufhören, beide einander wechselseitig einzuladen, und Woitech, höflich, wie die meisten Menschen es sind, stand von der Banquette auf und bot Andreas den Ehrenplatz an und ging, so schwankend er auch war, um den Tisch herum, setzte sich gegenüber auf einen Stuhl und redete Höflichkeiten. Sie tranken lediglich Pernod.

»Mir ist wieder etwas Merkwürdiges geschehen«, sagte Andreas. »Wie ich da zu unserem Rendezvous herübergehen will, fasst mich ein Polizist an der Schulter und sagt: ›Sie haben Ihre Brieftasche verloren.‹ Und gibt mir eine, die mir gar nicht gehört, und ich stecke sie ein, und jetzt will ich nachschauen, was es eigentlich ist.«

Und damit zieht er die Brieftasche heraus und sieht nach, und es liegen darin mancherlei Papiere, die ihn nicht das Geringste angehen, und er sieht auch Geld darin und zählt die Scheine, und es sind genau zweihundert Franc. Und da sagt Andreas: »Siehst du! Das ist ein Zeichen Gottes. Jetzt gehe ich hinüber und zahle endlich mein Geld!«

»Dazu«, antwortete Woitech, »hast du ja Zeit, bis die Messe zu Ende ist. Wozu brauchst du denn die Messe? Während der Messe kannst du nichts zurückzahlen. Nach der Messe gehst du in die Sakristei, und inzwischen trinken wir!«

»Natürlich, wie du willst«, antwortete Andreas.

In diesem Augenblick tat sich die Tür auf, und während Andreas ein unheimliches Herzweh verspürte und eine große Schwäche im Kopf, sah er, dass ein junges Mädchen hereinkam und sich genau ihm gegenüber auf die Banquette setzte. Sie war sehr jung, so jung, wie er noch nie ein Mädchen gesehen zu haben glaubte, und sie war ganz himmelblau angezogen. Sie war nämlich blau, wie nur der Himmel blau sein kann, an manchen Tagen, und auch nur an gesegneten.

So schwankte er also hinüber, verbeugte sich und sagte zu dem jungen Kind: »Was machen Sie hier?«

»Ich warte auf meine Eltern, die eben aus der Messe kommen; die wollen mich hier abholen. Jeden vierten Sonntag«, sagte sie und war ganz verschüchtert vor dem älteren Mann, der sie so plötzlich angesprochen hatte. Sie fürchtete sich ein wenig vor ihm.

Andreas fragte darauf: »Wie heißen Sie?«

»Therese«, sagte sie.

»Ah«, rief Andreas darauf, »das ist reizend! Ich habe nicht gedacht, dass eine so große, eine so kleine Heilige, eine so große und so kleine Gläubigerin mir die Ehre erweist, mich aufzusuchen, nachdem ich so lange nicht zu ihr gekommen war.«

»Ich verstehe nicht, was Sie reden«, sagte das kleine Fräulein ziemlich verwirrt.

»Das ist nur Ihre Feinheit«, erwiderte hier Andreas. »Das ist nur Ihre Feinheit, aber ich weiß sie zu schätzen. Ich bin Ihnen seit Langem zweihundert Franc schuldig, und ich bin nicht mehr dazu gekommen, sie Ihnen zurückzugeben, heiliges Fräulein!«

»Sie sind mir kein Geld schuldig, aber ich habe welches im Täschchen, hier, nehmen Sie und gehen Sie. Denn meine Eltern kommen bald.«

Und somit gab sie ihm einen Hundertfrancschein aus ihrem Täschchen.

All dies sah Woitech im Spiegel, und er schwankte auf aus seinem Sessel und bestellte zwei Pernods und wollte eben unseren Andreas an die Theke schleppen, damit er mittrinke.

Aber wie Andreas sich eben anschickt, an die

Theke zu treten, fällt er um wie ein Sack, und alle Menschen im Bistro erschrecken und Woitech auch. Und am meisten das Mädchen, das Therese heißt. Und man schleppt ihn, weil in der Nähe kein Arzt und keine Apotheke ist, in die Kapelle, und zwar in die Sakristei, weil Priester doch etwas von Sterben und Tod verstehen, wie die ungläubigen Kellner trotzdem glaubten; und das Fräulein, das Therese heißt, kann nicht umhin und geht mit.

Man bringt also unsern armen Andreas in die Sakristei, und er kann leider nichts mehr reden, er macht nur eine Bewegung, als wollte er in die linke innere Rocktasche greifen, wo das Geld, das er der kleinen Gläubigerin schuldig ist, liegt, und er sagt: »Fräulein Therese!« – und tut seinen letzten Seufzer und stirbt.

Gebe Gott uns allen, uns Trinkern, einen so leichten und so schönen Tod!

Astrid Rosenfeld

Das einbeinige Küken

Gustav nahm das Telefon in die Hand: »Ich weiß, dass ihr da seid, ich kann euch riechen.« Er war sich sicher, dass irgendwer bei der Telekom ihn hören würde, obwohl die Leitung seit vierzehn Tagen tot war. Er stellte sich vor, dass ein paar von diesen Telekom-Menschen in einem Raum saßen und zuhörten. Vielleicht, dachte Gustav, könnte das sogar eine Geschichte werden: *Der Raum der toten Leitungen.*

Als die schriftliche Kündigung kam, hatte er beim Servicecenter um Aufschub gebeten. Die Antwort auf sein Flehen war der Brief einer Inkassogesellschaft. Unterschrieben von Herrn Fegele. Herrn Fegele aus Schweinfurt. Gustav hatte mit dem Gedanken gespielt, nach Schweinfurt zu fahren, um dem Fegele zu sagen, dass er und seinesgleichen das Ende der Menschlichkeit wären. Doch das hätte dieser Pimmel sowieso nicht verstanden.

»Tschüss, ihr Monster«, brüllte Gustav in den Hörer, bevor er auflegte. Der Apparat stammte noch aus den achtziger Jahren. Aus Gustavs großer

Zeit. Sein Debüt *Angsthase, Osterhase* hatte es auf die Bestsellerlisten geschafft und Gustav Hansen zum Star der Literaturszene gemacht. Nicht nur das Feuilleton feierte den damals dreißigjährigen Schriftsteller, seine Geschichten fanden ein breites Publikum. Gustavs Lesungen waren immer ausverkauft. Mädchen stürmten die Bühne. Umarmten und küssten den verwegen aussehenden Mann. Gustav genoss die Aufmerksamkeit. Während er den *Old Bushmills* leerte – die Veranstalter sorgten stets für zwei volle Whiskeyflaschen, das gehörte zu Gustavs Bedingungen –, erzählte er von seiner schizophrenen Mutter, von trunkenen Nächten. Von der Wut, die ihn wärmte.

»Authentisch« nannten Kritiker sein 300-Seiten-Debüt. »Komik und eine brutale Zärtlichkeit« attestierten sie dem Werk. Journalisten fürchteten und schätzten Gustav gleichermaßen. Seine Antworten waren knapp und unvorhersehbar. Die Zeitungen rissen sich damals um ein Hansen-Interview.

Journalist:
Herr Hansen, haben Sie mit diesem Erfolg gerechnet?

Hansen:
Ja.

Journalist:
Also waren Sie sich ihrer Sache sicher?

Hansen:
Was ist das denn für eine beschissene Frage?

Journalist:
Die Platzierung auf den Bestsellerlisten hat Sie nicht überrascht?

Hansen:
Nein.

Journalist:
Nein?

Hansen:
Nein.

Journalist:
Also gut, kommen wir auf Ihr Buch zu sprechen. In Angsthase, Osterhase *verarbeiten Sie Ihre Kindheit …*

Hansen:
Ich verarbeite überhaupt nichts. Ich schreibe.

Journalist:
Aber ich liege nicht falsch, wenn ich sage, dass Ihr Buch stark autobiographisch gefärbt ist.

Hansen:
Ist das denn wichtig?

Journalist:
Es hilft, Ihr Werk zu verstehen.

Hansen:
Nächstes Thema.

Journalist:
Sie lieben das Ballett.

Hansen:
Ich liebe Tänzerinnen. Bei Schwanensee bekomme ich einen Ständer.

Journalist:
Frauen spielen eine große Rolle in Ihrem Leben.

Hansen:
Ich verehre sie. Und sie mögen mich.

Journalist:
Manche Frauen finden Ihre Äußerungen sexistisch.

Hansen:
Die hässlichen und die fettärschigen.

Journalist:
Wollten Sie schon immer Schriftsteller werden?

Hansen:
Nein.

Journalist:
Und wovon hat der junge Gustav Hansen ge-träumt?

Hansen:
Von Frauen.

Journalisten:
Das ist kein Beruf.

Hansen:
Richtig. Der junge Hansen träumte von den glei-chen Dingen wie der ältere Hansen. Von Frauen. Von selbst gemachten Leberknödeln. Von einer unsterblichen Leber. Von einem Brunnen, aus dem Old Bushmills fließt. Nur dumme Pimmel träumen von Berufen.

Journalist:
Warum schreiben Sie?

Hansen:
Weil ich es kann.

Journalist:
Also darf man mit weiteren Büchern rechnen?

Hansen nickt.

Gustav zog seine Schuhe an, verließ die Wohnung und klopfte an die Nachbarstür.

»Komm rein«, sagte die junge Frau.

Immer wenn er Mai-Lins Appartement betrat, wunderte er sich. Es wirkte viel größer, heller und schöner als seins, dabei waren die Wohnungen identisch geschnitten. Das hier war ein echtes Zuhause. Gustav ließ sich auf die Couch fallen.

»Chinesenmädchen, was riecht hier denn so?«, fragte er.

»Ich backe.«

»Hast du ein Bier?«

»Ich hab Lebkuchen.«

»Lebkuchen?«

»Morgen ist Weihnachten.«

»Habt ihr Chinesen denn auch Weihnachten?«

Sie lachte. »Du bist schrecklich, Gustav.«

»Kommt dein kleiner, dummer Freund morgen?«

»Ja, Felix kommt morgen.«

»Felix ist eine kleiner, dummer Junge.«

»Und du bist ein alter Mann.«

»Was ist denn jetzt mit dem Bier?«

Mai-Lin ging in die Küche. »Ich hab Wein«, rief sie.

»Auch gut.«

Mai-Lin kam mit zwei Gläsern Rotwein zurück und setzte sich neben Gustav.

»Also frohe Weihnachten«, sagte sie.

»Ich dachte, morgen ist Weihnachten.«

»Du bist anstrengend, Gustav. Prost.«

»Prost.« Er hob sein Glas. »Kann ich dein Telefon benutzen? Ich muss diese Frau Stark … Frau Stern … Stör anrufen.«

»Wer ist Frau Stern?«

»Stör.«

»Frau Stör, soll isch das jetzt alles wieder abhängen?«

Claudia Stör betrachtete ihre Buchhandlung und ihre Auszubildende Anita. Anita, deren Aufgabe es war, Literatur zu empfehlen und zu verkaufen, die aber nicht mal imstande war, richtig »ich« zu sagen. Isch. Isch. Isch.

Eigentlich hatte Claudia eine Teilzeitkraft einstellen wollen, doch Frau Polinski hatte sie angefleht, der Tochter einen Ausbildungsplatz zu geben.

Claudia und die Polinskis wohnten im selben Haus. Manchmal benutzte die alleinerziehende Mutter Claudias Waschmaschine.

»Nicht alles, aber ein Teil muss weg.«

»Aber das ist doch voll schön.« Anita deutete auf die Tannenzweige, die Holzengel, das Lametta, die Dutzenden mit Kugeln behangenen Miniweihnachtsbäume. Die mit Lebkuchen gefüllten Pappteller in Sternform.

»Anita, das ist eine Buchhandlung und nicht das Haus vom Nikolaus.«

»Isch find das voll, na ja, voll …«

»Die Hälfte reicht.« Claudia ging in ihr Büro.

Hier standen ein Schreibtisch, ein Kühlschrank. Die Regalbretter an den Wänden hatte Volker, ihr damaliger Fast-Verlobter, angebracht. Optimale Raumausnutzung. Volker, den sie nie wirklich geliebt hatte. Während der fünfjährigen Beziehung hatte sie oft an Trennung gedacht, aber aus Rücksicht auf seine Gefühle war sie geblieben. Schließlich hatte Volker sie verlassen.

Claudia nahm immer Rücksicht, versuchte möglichst wenig Menschen zu verletzen und möglichst vielen zu helfen. Bei ihr liehen sich Bekannte Geld und zahlten es niemals zurück. Bei ihr luden Leute Haustiere ab, wenn sie in Urlaub fuhren. Claudia hatte auf Hunde, Meerschweinchen und Schildkröten aufgepasst. Jürgen, ein fetter getigerter

Kater, war ungewollt in ihren Besitz übergegangen. »Wir ziehen um. Wir können ihn nicht mitnehmen. Behalt ihn doch, Claudia«, hatten die Eigentümer des bissigen Tieres nach ihrer Rückkehr von den Malediven gesagt.

»Ich glaube nicht, dass Jürgen und ich uns wirklich gerne mögen.«

»Dann setz ihn aus oder lass ihn einschläfern.«

Jürgen hatte Claudia viele Male gebissen, die Arme zerkratzt, auf das Sofa gepisst und lebte nun schon seit zwei Jahren bei ihr. Claudia hasste Jürgen. Hass ist ein starkes Wort. Claudia hasste Jürgen.

»Frau Stör. Isch bin fertig«, rief Anita.

»Ich komme gleich.«

Das einzig Gute an Anita war, dass sie niemals das Büro betrat, niemals anklopfte und um Einlass bat. Anita brüllte einfach durch verschlossene Türen.

Claudia nahm eine Dose Slimfast mit Vanillegeschmack aus dem Kühlschrank. In vier Wochen war Weihnachten, sie würde so gut wie noch nie aussehen. Falls sie die Diät durchhalten würde. Bisher hatte sie noch nie durchgehalten. Aber dieses Mal war alles anders. Es war das erste Weihnachten, das sie nicht bei ihren Eltern im Sauerland verbringen würde. Sie war einundfünfzig Jahre alt und hatte jeden Heiligabend bei Mutter und Vater auf der Couch gesessen. Er hatte zugesagt. Fünftausend Euro. Zwei Flaschen Old Bushmills.

»Frau Stör, kommen Sie doch gucken. Isch hab das fertig.«

»Du kannst jetzt nach Hause gehen, Anita.«

»Wollen Sie denn gar nicht gucken?«

»Ich habe zu tun. Ich schaue es mir nachher an.«

»Okay. Isch hoffe, es gefällt Ihnen. Isch find's voll schön. Tschööö, Frau Stör.«

Claudia hörte, wie die Hintertür auf- und zugesperrt wurde. Sie hätte freundlicher sein sollen, es war wirklich lieb von dem Mädchen, am ersten Advent zu kommen, um beim Dekorieren zu helfen.

Claudias Magen knurrte. Slimfast macht nicht satt. Einen Augenblick lang war sie versucht, ihr Büro zu verlassen und über den Lebkuchen herzufallen, den Anita in der ganzen Buchhandlung verteilt hatte. Aber sie blieb sitzen, öffnete die Schreibtischschublade.

Angsthase, Osterhase, die Erstausgabe von 1980.

Zärtlich strich sie über das Buchcover.

Sie war ein dicker Teenager mit weißblonden Spaghettihaaren. Ein einsames Kind, das stets bemüht war, seine Einsamkeit zu verbergen. Die Eltern, ebenso weißblond wie ihr einziger Sprössling, waren liebevolle, gutmütige Leute. Sie hielten das kleine sauerländische Dorf, in dem sie lebten, für den schönsten Fleck auf Erden. Nicht, dass sie irgendwelche Vergleichsmöglichkeiten gehabt hätten. Einmal waren sie in Rom gewesen. Die ewige Stadt hatte sie wenig beeindruckt. Früh hatte Claudia bemerkt, dass sie anders war als Vater und Mutter, anders als die meisten ihrer Schulkameraden. Diejenigen, mit denen sie sich gerne angefreundet hätte, nannten sie eine fette Sau, oder eine fette Albino-Sau.

Um den Eltern zu entkommen oder vielmehr der Frage »Warum triffst du dich nicht mal mit dem Karsten?«, fuhr Claudia täglich auf ihrem metallgrünen Fahrrad durch die Gegend. Drei Dörfer weiter gab es eine Bäckerei, die das ganze Jahr über Struwen buk. Süße, fettige Hefeteigfladen. Fünf Mal die Woche kaufte Claudia drei mit Rosinen und drei ohne Rosinen. Auf einer verlassenen Parkbank nahe der Bäckerei stopfte sie alle sechs Struwen in sich hinein. Die wenigen Minuten, die sie dafür brauchte, waren Claudias schönste Momente.

Wahrscheinlich wäre Claudia für immer im Sauerland geblieben, hätte den degenerierten Nachbarsjungen Karsten geheiratet, und ihr ganzes Glück wären dreißig Struwen pro Woche gewesen. Doch kurz nach ihrem fünfzehnten Geburtstag fand sie auf der Parkbank ein Buch. Weit und breit keine Menschenseele.

Angsthase, Osterhase.

Ein weißer Hase mit ängstlich aufgerissenen Augen starrte sie vom Cover an. Bis es dunkelte, wartete Claudia, ob der Besitzer des Buches auftauchen würde. Dann stopfte sie *Angsthase, Osterhase* samt der sechs Struwen, die sie nicht angerührt hatte, in ihre Tasche und fuhr nach Hause.

Sie lag in ihrem Bett und las Seite für Seite. Es war die Geschichte eines Jungen. Er war genauso alt wie sie und genauso einsam.

Das einbeinige Küken habe ich geklaut. Sie bringen die Küken, die kränklich sind oder irgendetwas zu wenig haben, einfach um. Sie knallen einen Hammer auf sie oder ein Beil oder so. Ständig haben sie dort unperfekte Küken. Und das eine hat mich angesehen. Ich hätte es nicht ertragen, wenn sie es zermatscht hätten. Jetzt will Mama, dass ich es wegschmeiße. »Warum?«, *habe ich gefragt.* »Warum soll ich es verdammt noch mal wegschmeißen?«

»Weil es kaputt ist«, *hat sie geschrien.*

Dabei ist sie doch selbst total kaputt. Und man kann doch nicht alles einfach wegschmeißen, nur weil es nicht ganz vollkommen ist.

Das Küken hat nur zwei Tage durchgehalten. Ich hab geheult. Ich heule nie. Nie. Mama hat gesagt, ich soll aufhören zu plärren, und ich hätte besser mal gleich auf sie hören sollen. Aber das stimmt nicht. Wenn ich später an meine Kindheit zurück-

denken werde, dann habe ich zumindest eine schöne Erinnerung. Weil, die zwei Tage mit dem einbeinigen Küken waren verdammt noch mal schön. Wenn man alt ist, besteht man nur aus Erinnerungen, und deshalb sorgt man besser dafür, dass es ein paar gute gibt. Ein paar, die wirklich was bedeuten. Und wenn etwas wirklich, wirklich gut ist, darf es einem am Ende auch das Herz zerfetzen.

Am nächsten Tag schrieb das Mädchen Herrn Gustav Hansen einen Brief. Den ersten von Hunderten. Eine Antwort erhielt Claudia nie.

Hansens zweites Buch war nicht ganz so erfolgreich wie *Angsthase, Osterhase.*

Claudia hatte ihre Abiturprüfung abgelegt und fuhr nach Westberlin, um eine von Gustav Hansens Lesungen zu besuchen. Nach der Veranstaltung ließ sie sich ein Buch signieren. Er war muskulös, seine Augen grasgrün, das volle Haar dunkelbraun. Claudia wollte ihn fragen, ob er ihre Briefe jemals bekommen hatte, wollte ihm sagen, wie viel ihr seine Geschichten bedeuteten. Dass sie Buchhändlerin werden und eine eigene Buchhandlung haben würde und dass er der Grund für diese Entscheidung sei. Bücher wie die seinen unter Menschen zu bringen, das war eine Aufgabe. Eine gute Aufgabe. Aber Claudia brachte kein Wort heraus. Sie stand einfach nur da mit leicht zitternden Händen, und er sah sie nicht mal richtig an. Hansen mochte Tänzerinnen. Zwar war Claudia nicht mehr ganz so fett wie früher, doch weit entfernt von einer Ballerinafigur.

Als sein drittes Buch erschien, eröffnete Claudia eine Buchhandlung in Berlin. Weder bei den Lesern noch bei den Kritikern fand *Und keiner kommt davon* Anklang. Zu unpolitisch, zu gewollt nannten sie sein Werk. Dann wurde es still um den Autor.

Gustav zog das Hemd an, das Mai-Lin für ihn gebügelt hatte. Jetzt vögelt sie wahrscheinlich mit ihrem Freund, dachte er. Es war nie etwas Ernsthaftes zwischen Gustav und Mai-Lin vorgefallen. Ein einziger Kuss.

»Das geht nicht«, hatte sie gesagt.

»Warum?«

»Weil du zu alt bist und ich Felix habe.«

Gustav packte seine Bücher in eine Plastiktüte.

Eine Lesung an Heiligabend, welcher Idiot kommt auf so eine Idee?

Gustav war nervös. Schließlich hatte er seit Ewigkeiten nicht mehr vor Publikum gestanden. Das letzte Mal 1990, also vor fünfundzwanzig Jahren. 1990 war sein Verleger gestorben. Die Tochter übernahm das Haus. Programmneugestaltung. Hansen wurde aussortiert. Sie fand Gustavs Geschichten scheußlich und unliterarisch, was auch immer das heißen mochte. Zudem sei das letzte Buch ein kolossaler Misserfolg gewesen. Die Verlegerin wünschte ihm alles Gute für die Zukunft. Aber nach 1990 kam nicht viel Gutes. Ein Vierteljahrhundert war vergangen. Alles, was Gustav sein Eigen nennen konnte, war ein Haufen Schulden und eine schmerzende Leber.

Gustav kämmte sein immer volles Haar, es war grau, fast weiß. Er würde eine Stunde vorlesen, dann die fünftausend Euro kassieren und nach Hause gehen. Vielleicht Mai-Lin besuchen und Felix das Weihnachtsfest verderben. Gestern hatte er ihn kurz gesehen.

»Du musst dich verhört haben? Niemand zahlt dir fünftausend Euro«, hatte er gesagt.

»Ich habe dreimal nachgefragt. Fünftausend«, hatte Gustav sich verteidigt. Er hätte ihn einfach schlagen sollen, diesen dummen Jungen.

Sie zog das schwarze Kleid wieder aus. Es war zu eng. Sie hatte wieder nicht durchgehalten.

Gestern hatte er angerufen, um noch mal nach der Adresse zu fragen.

Claudia war nervös.

Bis fünfzehn Uhr hatte sie in der Buchhandlung gestanden. Den Kunden geholfen, letzte Weihnachtsgaben auszusuchen. Dann hatte sie Anita ihr Geschenk überreicht. Einen bunten Wollschal und hundert Euro. »Voll schön, danke Frau Stör. Frohe Weihnachten. Tschöö, Frau Stör.« Und schließlich, als der Laden zu und die Auszubildende fort war, die gesamte Weihnachtsdekoration abgenommen. Etwas sagte ihr, dass Gustav Hansen nicht viel für Tannenzweige, Holzengel und Lametta übrighatte.

Das vierte Telefonat mit den Eltern, die noch immer fassungslos waren, dass die Tochter sich nicht um fünfzehn Uhr in ihr Auto gesetzt hatte, um gegen einundzwanzig Uhr im Sauerland anzukommen. So wie jedes Jahr.

»Mama, ich muss auflegen. Ich melde mich morgen.«

Die Mutter weinte in den Hörer.

Der Vater übernahm: »Claudia, du machst die Mama unglücklich. Und der Karsten wird auch traurig sein. Er fragt immer nach dir.«

»Ich muss los. Frohe Weihnachten.«

Es war achtzehn Uhr. Sie zog die graue Leinenhose und den grauen Kaschmirpullover an – ihre Standarduniform –, warf einen letzten Blick in den Spiegel und fuhr zurück zur Buchhandlung.

»Wo sind die Leute?«, fragte er irritiert. In der schwach beleuchteten Buchhandlung standen zwei Sessel.

»Ich bin heute Abend Ihr ganzes Publikum«, sagte sie.

»Es wollte also keiner den alten Hansen sehen?«

»Ich habe niemanden eingeladen.«

Er lachte. »Dann setz ich mich mal«, sagte er und ließ sich auf einen der Sessel nieder.

Claudia holte zwei Flaschen Old Bushmills und einen Umschlag aus dem Büro.

»Ihre Gage. Fünftausend Euro und der Whiskey.«

»Soll ich Ihnen jetzt etwas vorlesen?«, fragte er.

»Nein.«

»Dann trinken wir.« Gustav reichte Claudia eine der zwei Flaschen. »Schmeckt am besten, wenn man ihn direkt aus der Flasche trinkt.«

Sie stießen an.

»Darf ich fragen, warum ich hier bin?«

»Alles Gute in meinem Leben habe ich Ihnen zu verdanken. Und das hier«, Claudia deutete auf die Bücherregale, »ist das Gute. Vielleicht ist es nicht viel. Nichts Besonderes, eine kleine Buchhandlung, aber …« Sie spürte den Whiskey, etwas löste sich in ihr. »Das wollte ich Ihnen sagen.«

Gustav lächelte, seine Kehle war trocken.

Viele Stunden später traten sie den Heimweg an.

Als der einst erfolgreiche Schriftsteller in seiner Wohnung angekommen war, holte er ein zerfleddertes Notizbuch aus der Nachttischschublade. *Erinnerungen* stand in schwarzer, verblasster Farbe auf dem Pappeinband.

Der erste Eintrag:
Das einbeinige Küken.
Der vorerst letzte:
Die Buchhändlerin.

Ewald Arenz

Bücherliebe

Es war ein Regentag im späten Frühling, ein leerer Samstagnachmittag. Sie wanderten ziellos durch verlassene Straßen und wurden ein bisschen nass, aber das machte gar nichts.

»Eigentlich«, sagte er zur Baroness, die seit über zehn Minuten mit einem Taschenschirm kämpfte, »kann man eine Stadt nur an verregneten Nachmittagen wirklich kennenlernen.«

»Ja«, sagte die Baroness trocken und fluchte über den Regenschirm, genauso wie den Geliebten. »Im Sommer ist nämlich alles schön. Es sind die trostlosen Regentage, an denen man weiß, ob man mit ihnen zurechtkommt.«

»Ihnen?«, erkundigte er sich vorsichtig. »Wen meinst du? Und warum die Mehrzahl?«

Die Baroness antwortete nicht, sondern war an eine Mülltonne herangetreten, hatte den Deckel geöffnet, hielt den Schirm darüber und teilte ihm ernst mit: »Das ist jetzt deine letzte Chance. Öffne dich.«

Der Schirm erkannte entweder die Gefahr nicht oder war der Ansicht, dass man für seine Überzeugungen sterben sollte. Er entfaltete sich auch diesmal nicht, als die Baroness den Knopf drückte.

»Na gut«, sagte sie knapp, »Tschüss für immer.«

Der Regenschirm fiel dumpf in die Tonne. Dann wandte sich die Baroness an ihren Begleiter.

»Die Stadt und den neuen Geliebten. Denn, wenn sie bei schlechtem Wetter nicht funktionieren …«

Ihr Blick wanderte bedeutungsvoll zur Mülltonne.

Er musste lächeln.

»Mein Lieb'«, sagte er dann in gefasstem Ton, »ich bin nicht dein neuer Geliebter.«

»Das stimmt«, unterbrach sie ihn herzlos, »du bist alt!«

Er hob nun den Zeigefinger und sah streng aus: »Lass mich ausreden, undankbares Stück, das ich erst aus der Gosse auflesen musste …«

Die Baroness riss in gespielter Empörung Augen und Mund auf und heuchelte Fassungslosigkeit, aber dann musste sie lachen und hakte sich bei ihm unter. Er legte schnell den regennassen Zeigefinger erst auf seine, dann auf ihre Lippen. Ein Fernkuss. So war alles zwischen ihnen. Der Ton. Die Unterhaltungen. Die Namen und die Sprache. Die Baroness hatte natürlich einen bürgerlichen deutschen Namen, wie es sich für eine Studentin der Philosophie gehörte. Am Anfang war es so eine heimliche Liebe gewesen, von der keiner wissen durfte, daher kam es wohl, dass er »Peter« genannt wurde und sie »Baroness«. Vielleicht war es aber auch nur des Spielens und der Bücher wegen. Es war so eine Liebe, die sich vor allem aus der Sprache nährte. Wenn sie sich nicht hatten sehen können, hatten sie sich geschrieben. Hunderte von SMS. E-Mails. Chats. Er, dessen erste Verliebtheit in eine Zeit gefallen war, in der es das alles noch nicht gegeben hatte und man in erster Linie stundenlang in Telefonzellen gestanden war, um miteinander zu reden und zu schweigen, staunte manchmal darüber, wie sehr das geschriebene Wort wieder zum Träger von Liebe geworden war. Und aus der Kürze, die einem SMS aufzwangen, hatte sich eine Grammatik und ein Wortschatz ihrer Verliebtheit entwickelt, die sonst niemand verstand und die sie auch jetzt noch mit großer Lust am Spiel weiterführten. Manchmal konnte ihnen wirklich kein anderer mehr folgen.

»Mage mir?«, fragte die Baroness mit der ganz kleinen Mädchenstimme, über die sie durchaus auch verfügen konnte.

»Mond, Sterne, alles was duftet«, antwortete er liebevoll, aber etwas zerstreut, denn er hatte auf der anderen Straßenseite eine Buchhandlung entdeckt. In einer Buchhandlung hatten sie sich kennengelernt. Aber nicht deshalb ging er gerne in Buchhandlungen, sondern weil sie beide gerne Bücher kauften. Es regnete jetzt stärker. Die Baroness schien, nachdem sie den Schirm aufgegeben hatte, den Regen ignorieren zu wollen. Der Himmel war tief und grau; von den Dächern triefte es. Sein Kragen begann feucht zu werden.

»Da wäre eine Buchhandlung«, sagte er und versuchte, ihre Finger aus seinem Gürtel zu lösen, die sie soeben eingehakt hatte. Sie machte das manchmal und behauptete dann, sie sei festgewachsen und er könne sie nie mehr loswerden. Wenn er dann feierlich erklärte, dass das ja auch niemals seine Absicht gewesen sei, verzog sie das Gesicht und jammerte zufälligen Passanten weinerlich zu, dass der alte Mann sie gefesselt hätte.

»Bücher haben mich niemalen interessiert!«, sagte sie jetzt. »Dieweilen du die Bücher mehr liebst als mir. Aber bitte«, fügte sie dann hinzu, »geh du zu deinen Büchern und lass mir allein im Regen stehen. Es ist ja nicht so, dass ich auf dich angewiesen wäre.«

Sie machte allerdings keine Anstalten, den Gürtel loszulassen. Peter war bereit, den Gürtel aufzugeben und öffnete die Schnalle.

»Fang dir einen neuen Geliebten«, schlug er vor, »oder komm jetzt sofort mit. Es regnet, und du hast unseren Schirm weggeworfen. Du bist anstrengend, und ich werde nass.«

»Ich bin anstrengend, doch sehe ich gut aus«, korrigierte die Baroness in gehobenem Ton, aber dann gab sie nach und rannte über die Straße. Das

Wasser spritzte, wo sie in Pfützen trat. Er musste wieder lächeln. Manchmal war sie ganz ernsthafte junge Dame, klug und schlagfertig, manchmal ein kleines, gedankenlos spielendes Mädchen. Er lief ihr nach, holte sie kurz vor den drei Stufen zum Eingang des Ladens ein und versuchte sie zu küssen. Die Baroness drehte sofort den Kopf weg und hob den Zeigefinger: »Wie oft wurde dir bereits erklärt, dass dieses unziemlich ist? Hm? Wie oft?«

Er wollte etwas Kluges antworten, aber der Regen nahm auf einmal zu und das Wasser begann, von den Dächern herabzustürzen, weil die Dachrinnen die Mengen nicht mehr fassen konnten.

»Lass mich rein!«, sagte er halb lachend, halb ärgerlich. »Ich bin schon klitschnass!«

Die Baroness gab lächelnd den Weg frei, und sie traten gemeinsam durch die Tür.

Im Buchladen waren jetzt, da es draußen in Strömen regnete, alle Regale in ein graues, diffuses Licht getaucht. Die Farben der Buchrücken waren um ein paar Nuancen gedämpft. Auf dem Holzboden lag in der Mitte des Raumes sogar ein richtiger Teppich, der allerdings hie und da Falten warf. Dann gab es ein paar Tischchen, auf denen nachlässig, aber nicht ohne ein Auge fürs Detail, Neuerscheinungen arrangiert waren, und es gab natürlich die Regale an den Wänden. Das heißt, es war anzunehmen, dass die Regale an Wänden standen, denn man sah diese nicht. Die Buchhandlung war wohl früher einmal eine herrschaftliche Wohnung gewesen, denn sie bestand aus drei oder vier großen Zimmern, durch die sich nun die Bücherwände zogen. Man konnte jetzt auch sehen, dass die hinteren Räume hohe Fenster hatten, die auf einen alten Garten hinausgingen. Es knarzte, wenn man ging; die Räume waren alle mit hundert Jahre altem Parkett ausgelegt. In einer Ecke stand etwas verschämt eine durchaus moderne Verkaufstheke mit einem leise summenden Computer und einer Kasse.

»Das«, sagte Peter beeindruckt, »ist aber nett hier.«

»Ja«, meinte die Baroness in lässigem Ton, »ist ganz okay«, was bedeutete, dass sie diese Buchhandlung auch mochte. Sie wollte eben ein Buch von einem der Tischchen nehmen, als aus dem Nebenzimmer eine körperlose Stimme ungnädig sagte: »Wenn Sie auch nur eines meiner Bücher mit Ihren regennassen Fingern berühren, fliegen Sie hier achtkantig raus.«

»Hoppla!«, sagte die Baroness überrascht und hielt inne. Sie und Peter sahen sich belustigt an. Er hob die Augenbrauen ein kleines Stück, sie drehte die Augen um ein Winziges nach oben – die kleinen Zeichen des gegenseitigen Verstehens, der gemeinsamen Verschworenheit der Verliebten gegen den Rest der Welt. Die Baroness wollte etwas sagen, wurde aber von der Stimme unterbrochen, die barsch befahl: »Bleiben Sie in der Mitte des Raumes stehen, tropfen Sie mir den Teppich nicht voll und versuchen Sie, möglichst still zu sein. Ich nehme an, dass nur der Regen Sie hier hereingetrieben hat und Sie wahrscheinlich das erste Mal in so einer Art Laden stehen. Meinetwegen können Sie den Regen abwarten, aber fassen Sie nichts an.«

Es lag jetzt mehr als Belustigung in dem Blick, den die beiden tauschten. Man hätte von ungläubiger Begeisterung sprechen können. Die Baroness grinste.

»Ich habe in meinem Leben bereits das eine oder andere Buch gekauft!«, rief Peter mit einiger Ironie in den nächsten Raum.

»Das mag sein«, kam es trocken zurück, »aber sicher nicht bei mir. Aus meiner Sicht sind Sie so nutzlos wie ein Analphabet.«

Die grünen Augen der Baroness weiteten sich vor Überraschung und Vergnügen.

»Der Mann scheint dich zu kennen«, flüsterte sie Peter boshaft zu, »und ich mag, wie er denkt. Er findet dich auch nutzlos. Wie er wohl aussieht?«

»Ich nehme an, wie Benito Mussolini«, flüsterte Peter zurück. Er musste auch grinsen.

»Ich habe das gehört«, kam die Stimme wieder, und dann knarrte das Parkett im Nebenzimmer. Da war jemand aufgestanden.

Die Baroness und Peter wechselten einen kurzen Blick und warteten. Der Mann, der aus dem anderen Raum kam, war hager und hatte einen dünnen Bart. Außerdem hielt er ein Glas Wein in der Hand. Er sah kein bisschen aus wie Mussolini.

»Ich sehe Mussolini nicht im Geringsten ähnlich!«, sagte er mürrisch und musterte Peter und die Baroness unfreundlich, aber doch ein wenig neugierig.

»Stimmt«, sagte die Baroness, »abgesehen von dem schwarzen Hemd sind Sie nicht so der charmante Verführer der Massen.«

Peter sah überrascht, dass es um die Mundwinkel des Buchhändlers kurz zuckte. Seine Stimme klang aber nicht weniger mürrisch, als er Peter mit einem abschätzigen Blick auf die Baroness boshaft fragte:

»Ist Ihre Beziehung zu der Dame eher karitativer Natur oder ist Ihre Verliebtheit auf fortgesetzten Alkoholmissbrauch zurückzuführen?«

Peter und die Baroness sahen sich diesmal komplett ungläubig an. Der Mann war von so atemberaubender Unverschämtheit, dass sie beide einen Augenblick lang nicht wussten, was sie sagen sollten.

Die Baroness fasste sich als Erste.

»Ich beginne zu verstehen, warum dieser Laden so leer ist«, sagte sie maliziös, »mal abgesehen von den etwa 10000 Büchern, die wahrscheinlich noch viele Jahre in diesen Regalen lagern werden. Ist Ihnen das Prinzip eines Buchladens nicht klar, oder wollen Sie einfach keine Bücher verkaufen?«

Peter warf der Baroness einen halb bewundernden, halb besorgten Blick zu. Vielleicht war sie etwas zu weit gegangen. Er hatte keine Lust, hinausgeworfen zu werden. Es gab einen kleinen Augenblick der Stille. Draußen rauschte der Regen. An den Schaufensterscheiben liefen schmale Bäche hinunter und ließen die Außenwelt verschwimmen.

»Ich werde«, sagte der hagere Buchhändler nach einer Pause gelassen, während er sich zu einem der Regale umdrehte, »heute mit Sicherheit noch zwei Bücher verkaufen. Und zwar an Sie.«

»Ich will Sie nicht entmutigen«, sagte jetzt Peter, »aber selbst Ihnen müsste klar sein, dass Sie an einen Analphabeten keine Bücher verkaufen können! Vor allem nicht, wenn Sie den Analphabeten eben massiv beleidigt haben.«

Der Buchhändler lehnte sich gegen ein Regal, trank einen kleinen Schluck seines Weines und betrachtete die beiden. Die Baroness und Peter fühlten sich eindringlich gemustert, aber sie wollten sich auch nicht die Blöße geben, wegzusehen. Das gedämpfte Prasseln des Regens gab der Stimmung zwischen all diesen Büchern etwas von der Welt Abgeschiedenes, einen Hauch von Strenge, so, als sei man in ein Museum oder in eine Kirche geraten. Die Baroness betrachtete den Buchhändler und fand, dass er trotz seiner Unverschämtheiten nicht boshaft aussah. Er hatte etwas Ernstes. Vielleicht bekommt man das ganz von allein, dachte sie, wenn man sein Leben lang von Büchern umgeben ist. Da wandte der Mann sich an Peter und fragte gelassen:

»Sagen Sie, fürchten Sie nicht, dass Ihre kleine Geliebte einen so viel älteren Mann irgendwann satthat? Wenn die Faszination für die intellektuelle Überlegenheit nachlässt ...«

Peter sah, dass sich die Augen der Baroness einen winzigen Augenblick weiteten, als sie ihm ihr Gesicht zuwandte, wie um ihn ihrer Solidarität bei einer Antwort auf diese unglaubliche Unhöflichkeit zu versichern, aber er konnte trotzdem nicht sofort etwas sagen. Auf irgendeine Weise hatte ihn dieser Mensch mit seiner lächerlichen Bemerkung im Innersten getroffen. Es war, als hätte er diese kleine, geheime Furcht vor dem Alter, vor dem Versagen, vor der Schwierigkeit dieser Liebe zur Baroness sofort entdeckt und ans Licht gezerrt. Er holte tief Luft und versuchte, überlegen zu lächeln, aber da hatte sich der Buchhändler schon an die Baroness gewandt und genauso überheblich gefragt: »Und Sie, meine Liebe? Glauben Sie noch, dass Sie wirklich seine letzte große Liebe sein werden? Und dass Sie die Blicke der anderen immer aushalten werden? Oder dass Sie sich wirklich nie mehr verlieben werden? In einen anderen, jüngeren, frischeren Mann?«

Peters und der Baroness' Blicke trafen sich. Er konnte sehen, dass sie genauso betroffen war wie er, und das wiederum verunsicherte ihn. Und es war ja so, dass ihn diese Bemerkung nicht weniger berührte als sie. Er konnte ja nicht sicher sein … vielleicht war es wirklich nicht die ganz große Liebe. Und wer wusste, wie es für sie war … sie sahen auf einmal beide weg.

»Wir müssen ja nicht hier sein«, sagte Peter und versuchte, gelassen zu klingen, aber es gelang nicht so ganz, als er die Baroness fragte: »Kommst du?«

»Das geht Sie nichts an!«, sagte sie fast gleichzeitig und scharf zu dem Buchhändler, der immer noch an seine Bücher gelehnt dastand, hager, leicht gekrümmt und mit wachen Augen hinter altmodisch spiegelnden Brillengläsern.

»Ich weiß«, sagte er, »ich weiß. Aber Sie. Kommen Sie mit!«

Er stieß sich leicht vom Regal ab und ging in den nächsten Raum seines Ladens. Peter und die Baroness folgten ihm nach einem kurzen Zögern. Es war, als sei plötzlich eine kleine Unsicherheit zwischen sie getreten. Peter wollte nach ihrer Hand greifen, aber sie machte – unabsichtlich oder nicht – gerade eine schnelle Bewegung, sodass er ins Leere fasste.

Der Buchhändler war an dem schmalen Regal zwischen den beiden hohen Fenstern stehen geblieben. Die große Weide im Garten triefte. Der Regen fiel so dicht, wie es nur ein Frühlingsregen kann: rauschend und so, dass alles Grün im Garten wie durch einen dichten Schleier zu leuchten schien. In dem hohen Raum wiederholte sich das Grün im dämmrigen Nachmittagslicht, das alle Konturen unsicher machte. Der Buchhändler war auf eine Trittleiter gestiegen und holte ein Buch aus einem der oberen Regale. Dann stieg er herab, ging sicher zwei Regale weiter und nahm auch dort ein Buch heraus.

»Das hier kann ich Ihnen heute empfehlen«, sagte er trocken, als er sich zu den beiden umdrehte. »Bitte!«

Er reichte der Baroness und Peter je ein Buch. Peter drehte seines um, sodass er den Titel lesen konnte. Und dann war er doch überrascht. *Die Baroness,* stand da in kühler Schrift über dem weißen Umschlag gedruckt, Roman.

»Ach nee«, sagte er einigermaßen beeindruckt. Dann sah er neugierig auf das Buch in der Hand der Baroness.

»Doch«, sagte sie, denn sie war wie immer etwas schneller gewesen und hatte seinen Titel schon gelesen, bevor er ihren hatte lesen können. Sie hielt das Buch hoch.

»Peter«, sagte sie, »Roman.« Halb ironisch, halb verunsichert fügte sie an: »Nett, hm?«

Sie ging dem Buchhändler hinterher, der schon wieder in den ersten Raum wechselte, wo die Verkaufstheke war.

»Wie haben Sie das gemacht?«, fragte die Baroness neugierig. »Das ist nicht schlecht. Wirklich nicht.«

»Er hat uns auf der Straße gehört«, sagte Peter hastiger als nötig, »bevor wir reingegangen sind.«

Der Buchhändler war jetzt hinter seiner Verkaufstheke, stellte das Glas Wein achtlos auf einem Prospekt ab und bückte sich nach einer Tüte.

»Was Sie da haben«, sagte er, als er mit zwei kleinen weißen Plastiktaschen wieder auftauchte, »ist der Lebensroman Ihres Geliebten. Oder Ihrer Geliebten. Von Anfang bis Ende. Das macht dann jeweils 19,80 Euro. Wenn Sie ihn haben wollen«, fügte er nach einer kleinen Pause noch an.

»Blödsinn«, sagte Peter, legte das Buch auf die Theke und sah zur Baroness hinüber.

»Sie müssen es nicht kaufen«, sagte der Buchhändler gelassen und streckte die Hand nach dem anderen Buch aus. Die Baroness zögerte einen kleinen Augenblick, dann reichte sie ihm das Buch hin und sagte:

»Doch. Ich finde das lustig. Obwohl es Quatsch ist. Los«, sagte sie, »sei kein Spielverderber! Nimm das Buch. Und bezahl alles!«

Peter lachte, als er das Portemonnaie herausnahm, aber so unbefangen wie sonst klang es nicht.

»Bisschen billig, so ein Trick!«, sagte er zu dem Buchhändler, der das Geld in Empfang nahm, in der Kasse kramte und dann herausgab.

»Viel Vergnügen beim Lesen«, erwiderte der hagere Mann aber völlig unbeeindruckt, und es klang so, als hätte er es in diesem Ton schon seit zwanzig Jahren zu jedem Kunden gesagt.

*

So abrupt, wie er begonnen hatte, hatte der Regen auch wieder aufgehört. Sie gingen auf der glänzenden, dampfenden Straße in die Stadt hinunter. Im Westen war der Himmel aufgerissen und die späte Nachmittagssonne herausgekommen. Es war ein unwirkliches Licht wie nach einem Gewitter.

»Er hat uns gehört«, sagte Peter nachdenklich, während sie nebeneinander hergingen, jeder mit seiner kleinen weißen Plastiktüte in der Hand.

»Ich weiß nicht«, sagte sie nach einer Weile, »hast du ›Baroness‹ zu mir gesagt?«

Er zuckte die Schultern. Dann nahm er das Buch noch einmal aus der Tüte.

»Na ja«, sagte er dann, »*Die Baroness*. Wahrscheinlich gibt es hundert Romane, die so heißen.«

»Ja«, sagte die Baroness, »genau wie *Peter*.«

Sie waren auf der Brücke angelangt, wo sie sich immer trennten. In der Mitte, unter der Statue des Weltreisenden. Es hatte jetzt, zum Abend hin, richtig aufgeklart. Nur noch wenige Wolken wurden rasch über den Himmel getrieben, und auf einmal war eine kleine Fremdheit zwischen ihnen.

»Bis Dienstag dann«, sagte Peter.

»Bis Dienstag, alter Mann«, antwortete die Baroness lächelnd, aber Peter war sich nicht sicher, ob es so leicht klang wie sonst.

Als er durch den hellen Frühlingsabend nach Hause ging und wie nebenbei die Frühlingsgerüche von nassem Gras und blühenden Robinien in der klaren Luft wahrnahm, die vor einem Jahr zu ihrer allerersten Verliebtheit gehört hatten, ärgerte er sich auf einmal, dass sie in die Buchhandlung gegangen waren. Dieser unglaublich arrogante Mensch hatte ihnen den Tag verdorben. Er trat, plötzlich sehr wütend, nach einer Dose, die auf dem Gehsteig lag, blieb mit der Sohle hängen und stieß sich den Zeh. Fluchend über die eigene Dummheit und endgültig schlecht gelaunt, kam er zu Hause an.

Später, als er am offenen Fenster saß, in einer seltsamen Mischung aus Wehmut und Ärger in den Abend sah und ihm immer wieder Bilder der Baroness dazwischenkamen, dachte er nach. Was war es denn eigentlich gewesen? Zwei Worte eines unfreundlichen, arroganten und mehr als indiskreten

Buchhändlers, der seine Bücher verkaufen wollte. Aber noch als er das dachte, wusste er schon, dass das nicht stimmte. Es war einfach so, dass der Mann es so genau getroffen hatte. Seine geheimen Ängste und Gedanken. Seltsam. Peter straffte sich und sah aus dem Fenster über die Stadt. Allmählich wurde es ganz dunkel und überall gingen die Lichter an. Eigentlich sah es so friedlich aus, wenn man über die Dächer sah. Aber er war unruhig. In solchen Augenblicken war auf einmal alles unsicher und düster. Was tat er mit seinem Leben? Und was tat er mit dem Leben der Baroness? War es wirklich so, dass sie sich selbst – und damit den anderen – belogen? Er trommelte mit den Fingern unruhig auf die Fensterbank, dann drehte er sich kurz entschlossen um und holte das Buch aus der weißen Tüte, die er auf den Tisch gelegt hatte, als er nach Hause gekommen war. Dann ging er wieder ans Fenster.

»Die Baroness«, las er den Titel noch einmal. Das hatte er schon geschickt gemacht, dieser Buchhändler. Peter wog das Buch in der Hand. Ihr Leben sollte darin stehen, hatte er behauptet. Was für ein Blödsinn! Er schlug es aufs Geratewohl auf und las:

»Sie sah ihm hinterher und ärgerte sich nicht zum ersten Mal über das braun-rot karierte Jackett, das er schon vor Jahren hätte wegwerfen sollen.«

Peter hielt inne. Ein eigenartiges Gefühl war da plötzlich in ihm; so ein Gefühl, wie man es von nächtlichen Spaziergängen kennt, wenn man auf einmal merkt, dass da jemand hinter einem geht. Wie weit konnten Zufälle gehen? Er hatte ein braun-rot kariertes Jackett. Er konnte sich gerade nicht erinnern, ob er es schon jemals angehabt hatte, wenn er die Baroness gesehen hatte, aber er hatte eines, und so, wie er sie kannte, würde es ihr nicht gefallen. Verunsichert wog er das Buch in der Hand. Zufall? Wie viele braun-rot karierte Durchschnittsjacketts gab es in der Welt? Er schlug es ein ganzes Stück weiter vorne auf und las:

»Die Strömung im Fluss war viel stärker, als sie gedacht hatte. Sie gab sich Mühe, nicht in Panik zu geraten und schwamm in gleichmäßigen, kraftvollen Zügen, aber sie sah am vorbeiziehenden Ufer, wie schnell sie abgetrieben wurde. Die Doppelspitze des Doms verschwand allmählich, als unter der Brücke der Lastkahn auftauchte ...«

Er hielt das Buch geöffnet in der Hand. Das sonderbare Gefühl der Beklemmung war jetzt noch stärker. Er erinnerte sich an einen Tag, an dem sie auf einer Brücke gestanden waren, Hand in Hand, und ins Wasser gesehen hatten und die Baroness auf einmal leichthin gesagt hatte: »Soll ich dir erzählen, wie ich einmal fast ertrunken bin?«

Und sie war in Köln aufgewachsen. Am Rhein.

Peter zwang sich zur Vernunft. Es gab auch in anderen Städten einen Dom. Jeder war schon einmal fast ertrunken, weil er leichtsinnig im Meer oder im Fluss geschwommen war. Zufall. Koinzidenz. Natürlich setzte er jetzt alles in Beziehung zur Baroness, weil der Buchhändler behauptet hatte, in dem Buch stehe ihr Leben. Trotzig blätterte er fast bis zum Schluss und las:

»Der Friedhof war voller blühender Bäume und der kühle Aprilwind bewegte die jungen Blätter wie ...«

Erschrocken, hastig und mit einem Gefühl wie von plötzlicher Scham klappte er das Buch zu. Wenn, nur einfach mal so gedacht, wenn in dem Buch wirklich ihr Leben stand, wollte er dann wissen, in welchem April es endete? Wollte er das wirklich wissen? Wollte er wissen, was mit ihnen beiden geschah? Wollte er wissen, was ihre Zukunft war und seine, solange sie mit ihm war, und schließlich: Ob es überhaupt eine gemeinsame Zukunft gab?

Es war jetzt ganz Nacht geworden. Neumond, und der Himmel schwarz. Peter löschte das Licht und stand im Dunkeln, immer noch das Buch in der Hand. Las sie gerade sein Leben? Sie war so neugierig ... Und er? Sollte er wissen, was mit ihr geschah? Und was geschehen war? All die kleinen Geheimnisse, die man so hat? Die vergangenen

Geliebten, die alten, nur halb vergessenen Lieben? Die Sehnsüchte, die nichts mit einem selbst zu tun hatten? Und wenn sie es las, sollte er dann nicht auch alles über sie wissen? Es würde alle Unsicherheit wegnehmen, die da manchmal zwischen ihnen war. Und er würde wissen, ob sie wirklich liebte. Er müsste ja vielleicht nicht alles lesen. Nur die Kapitel, die ihn angingen. Ob sie las? Ob sie der Versuchung widerstehen würde, und ob sie es überhaupt wollte? Er überlegte, ob er sie anrufen solle, aber dann blieb er doch einfach am Fenster stehen und sah in die Nacht. Irgendwie konnte er jetzt nicht mit ihr sprechen. Er spielte unentschlossen mit dem Buch. *Die Baroness.* Roman. Dann, mit plötzlicher Entschlossenheit, warf er das Fenster zu und machte in der ganzen Wohnung Licht.

*

Im Sonnenlicht eines richtigen Frühlingstages hatte der Buchladen nicht mehr Zauber als ein Buchladen eben hat, aber dafür sah er jetzt viel freundlicher aus als noch vor drei Tagen. Der alte Parkettboden leuchtete dort, wo die Sonne durch die Fenster hereinfiel, und wie in allen Buchläden glitzerte der Staub in den Lichtbahnen. Die Tür war offen gestanden, als Peter eingetreten war, und so lag der typische Geruch jedes Buchladens nach

Papier und ein wenig nach Leinen von den Buchrücken neben den Blütengerüchen von draußen nur wie eine Erinnerung in der Luft. Peter stand in der Mitte des Raumes, hatte das Buch in der Hand und wusste nicht genau, wie er sich fühlen sollte. Es war kein sehr schönes Wochenende gewesen. Sie hatten nicht einmal telefoniert, es war, als hätten die beiden Bücher ihnen mit einem Mal die Sprache genommen. Er hatte die Baroness nicht anrufen können; eigentlich wusste er selbst nicht, wieso. Aber drei Tage Schweigen – das hatten sie bisher noch nie gehabt.

Wieder war der Besitzer nicht zu sehen, und Peter trat ziellos zu den Regalen und sah sich die Bücher an, die dort standen. Die Klassiker in Leinenbindung hier: Goethe, Hesse, Schiller, Mann. Im Regal daneben die leuchtend bunten Taschenbücher mit modernen Titeln wie *Seide, Schnee* oder *Tausend Sachen, die man bei Frauen falsch machen kann!* Peter verzog den Mund zu einem halben Lächeln. Davon kannte er auch ein paar. Unschlüssig streifte er zwischen Regalen und Tischchen hin und her, nahm mal dieses, mal jenes Buch auf und wartete höflich, dass sich der Ladenbesitzer zeigte.

»Ach«, kam es aus der Tür zum Nebenzimmer, »sehen Sie, Sie sind doch wiedergekommen.«

Der Ladenbesitzer hatte diesmal kein Glas Wein, sondern eine ziemlich gebraucht aussehende, sehr große Kaffeetasse in der Hand, aus der er angelegentlich einen Schluck nahm, bevor er boshaft fragte:

»Ist meine böse Kundenfangstrategie aufgegangen? Wollen Sie jetzt doch Bücher bei mir kaufen?«

Peter antwortete nicht gleich, sondern sah den Mann sehr aufmerksam an.

»Nein«, sagte er dann langsam, »eigentlich wollte ich kein Buch kaufen. Ich wollte wissen …« Er hob das Buch, das er die ganze Zeit in der Hand gehalten und das ihn drei Tage lang gequält hatte, »… ich will eigentlich nur … also, was ich wirklich wissen will, ist …«

Der Buchhändler unterbrach ihn.

»Beim letzten Besuch haben Sie viel mehr geredet. Was für eine heilsame Kraft Literatur doch haben kann. Also, was genau wollen Sie wissen?«

»Na, das würde auch mich interessieren«, kam es vom Eingang. Peter drehte sich um. Da stand die Baroness. Im Morgenlicht leuchtete ihr Haar. Peter fühlte einen kleinen Stich, als er sie ansah.

»Hallo«, sagte er.

»Selber Hallo«, sagte sie kurz und trat jetzt auch ein. Der Buchhändler hob bloß halb die Hand als Zeichen, dass er sie wiedererkannte, trank aber sonst nur einen Schluck Kaffee und wartete ab. Die Baroness musterte Peter.

»Du siehst aus wie Dresden im April 45«, sagte sie dann. »Schlecht geschlafen?«

Es klang sorgfältig neutral, und Peter hätte nicht sagen können, ob das eine echte Bosheit war oder ob sie sich einfach an ihrem gewohnt leichten Ton festhielt.

»In meinem Alter braucht man nicht mehr so viel Schlaf«, gab er zurück und lächelte schief, »aber so ganz wie der strahlende Morgen siehst du auch nicht aus, mein Herz.«

Sie nickte kurz, aber sie lächelte nicht, und so wusste er nicht, was sie dachte. Ihre Blicke trafen sich, und sie sahen sich eine ganze Zeit lang schweigend an. Er hatte das Buch in ihrer Hand natürlich ebenso gesehen wie sie das seine. Er fragte sich, ob sie ihn so ansah, weil sie das Buch gelesen hatte, und im selben Augenblick wurde ihm klar, dass sie sich das auch fragen musste, egal, ob sie seinen Roman jetzt gelesen hatte oder nicht.

»Na«, sagte sie dann schließlich unvermittelt, »was wolltest du den Herrn fragen?«

Der Buchhändler hatte sich nicht von der Stelle gerührt.

»Ich«, setzte Peter an, aber dann unterbrach er sich selbst. »Nichts«, erwiderte er dann und streckte dem Buchhändler mit einer plötzlichen Bewegung das Buch hin: »Ich möchte dieses Buch zurückgeben.«

Der Buchhändler nahm es und drehte es ein bisschen hin und her.

»Ich bin keine Leihbibliothek«, sagte er trocken. »Ihr Geld kriegen Sie nicht wieder, das ist Ihnen klar, oder?«

»Das ist mir egal«, antwortete Peter plötzlich sehr erleichtert, »ich bin sogar bereit, ein anderes Buch zu kaufen.«

Die Baroness hatte Peter genau beobachtet. Impulsiv trat sie einen Schritt vor.

»Ich gebe meines auch zurück«, sagte sie und legte es auf die Theke.

»Ich kann dann bald ein Antiquariat aufmachen«, meinte der Buchhändler ungerührt, aber man hatte den Eindruck, dass ein Lächeln um seine Mundwinkel spielte. »Hat es Ihnen nicht gefallen? Nicht spannend genug?«

»Das geht Sie nichts an!«, sagte die Baroness in dem schnippischen Ton, den Peter so gut kannte, und er musste lächeln.

»Ich denke«, erwiderte er mit leichter Selbstironie, »die junge Dame mag keine Schundromane.«

Die Baroness warf ihm einen kurzen Blick zu und lächelte das erste Mal. Peter wurde es warm ums Herz, man konnte es nicht anders sagen. Der Buchhändler nahm die beiden Bücher, sah sie kritisch an, pustete über den Schnitt und stellte sie wieder in die Regale. Die Baroness und Peter beobachteten ihn. Wenn man in den nächsten Raum hineinsah, konnte man durch die Fenster erkennen, wie der verwilderte Garten in der Vormittagssonne leuchtete.

»Wollen wir ein bisschen Bücher kaufen?«, fragte er sie.

»Ich denke, wir leihen sie erst einmal aus und sehen, ob sie uns gefallen«, sagte sie mit einem kleinen Lächeln. Und dann gingen sie durch die Räume, machten sich gegenseitig auf Bücher aufmerksam, zeigten sich Kuriositäten und lachten, wenn sie beide gleichzeitig nach einem Buch griffen. Der Buchhändler hatte sich in seinen Sessel zurückgezogen und las Zeitung.

»Hast du's gelesen?«, fragte Peter unvermittelt, noch halb lachend. Die Baroness sah ihn nicht an.

»Und du?«, fragte sie nach einem Augenblick zurück.

»Ich«, sagte Peter in gehobenem Ton, »habe ja wohl zuerst gefragt. Die Genfer Konvention verlangt, dass du mir Auskunft gibst!«

»Die Genfer Konvention«, sagte die Baroness lässig, »ist eine Erfindung der sowjetischen Feindpropaganda und gilt in dieser Stadt sowieso nicht, weil hier ich alleine bestimme.«

Sie griff nach einem gewaltigen Bildband über Afrika.

»Wenn du mir liebst, käufst du diesem hier!«,

sagte sie in dem Kinderton, der Peter immer lachen machte.

»Mein liebes Kind«, sagte er daher, »ich weiß nicht, ob dir der Begriff Privatinsolvenz vertraut ist. Boshaftes, gieriges Natterngezücht!«

Die Baroness sah sich um, ob der Buchhändler in der Nähe war, aber in diesem Raum waren nur Bücher und die Sonne und ein wenig flirrender Staub, deshalb küsste sie Peter flüchtig auf den Mund.

»Dies«, sagte sie und stieß ihn weg, als er sie wieder küssen wollte, »wollen wir nicht zur Gewohnheit werden lassen. Und jetzt kaufen wir Bücher.«

Eine halbe Stunde später, als sie den Buchladen mit zwei Tüten voller skurriler Kinderbücher, Romane und Bildbände (darunter der Afrikaband) verließen, sagte der Buchhändler, in der Tür stehend: »Nur zur Information – es handelt sich hier nicht um einen Leasingvertrag. Sie können die Bücher jetzt für immer behalten. Bis zum nächsten Mal!«

Peter drehte sich noch einmal zu ihm um: »Was bringt Sie auf den Gedanken, wir würden noch mal wiederkommen?«

Der Buchhändler lächelte das erste Mal offen und frei.

»Alle kommen sie wieder«, sagte er heiter, »alle.«

Peter und die Baroness gingen eine Zeit lang schweigend durch die sonnenhellen Straßen. Der

Tag fühlte sich leicht an, und es war ein Vergnügen, die Baroness neben sich zu wissen. Peter sah sie von der Seite an. Sie lächelte nicht, aber ihr Gesicht war entspannt und sie sah sehr schön aus.

»Willst du wirklich wissen, ob ich's gelesen habe?«, fragte er dann.

Die Baroness antwortete nicht, sondern ging noch ein Stück, bis sie auf der Mitte der Brücke waren. Dort stellte sie die Tüten ab und schwang sich auf die Mauer.

»Lübbest du mir noch?«, fragte sie nachlässig und lehnte sich an eine der warmen Sandsteinkugeln, die in regelmäßigen Abständen auf der Mauer standen.

Peter sah sie an und dachte, dass es vielleicht völlig unwichtig war, was man voneinander wusste, solange es Tage wie diesen gab.

»Große Lübbe«, antwortete er, »mit Lübbelchen obendrauf.«

»So wie das Geglitzer da unten?«, fragte sie weich und zeigte auf den Fluss, der in der Sonne gleichmäßig durch die Stadt mit dem wunderbaren Buchladen floss.

»Wie das Geglitzer«, sagte Peter, und dann küsste er die Baroness auf den Mund.

Anton Tschechow

Kleiner Scherz

Ein klarer Wintertag, um Mittag … Der Frost ist stark, er klirrt, und Nadjenka, die sich an meinen Arm klammert, hat silbrigen Reif an den Schläfenlöckchen und Flaum über der Oberlippe. Wir stehen auf einem hohen Berg. Vor unseren Füßen bis hinab zur Erde erstreckt sich eine abschüssige Fläche, in der sich die Sonne betrachtet wie in einem Spiegel. An unserer Seite ein kleiner Schlitten, mit hellrotem Stoff ausgeschlagen.

»Fahren wir hinunter, Nade da Petrovna!«, bettle ich. »Nur ein Mal! Ich versichere Sie, wir kommen heil unten an.«

Aber Nadjenka hat Angst. Der gesamte Raum vor ihren kleinen Galoschen bis zum Ende des Eisbergs erscheint ihr als ein schrecklicher, unermesslich tiefer Abgrund. Es erstirbt ihr Denken, es verschlägt ihr den Atem, wenn sie nach unten blickt, wenn ich ihr nur vorschlage, sich in den Schlitten zu setzen, denn was wird geschehen, wenn sie es riskiert, in den Abgrund zu fliegen! Sterben wird sie, den Verstand verlieren.

»Ich flehe Sie an!«, sage ich. »Sie brauchen keine Angst zu haben! Begreifen Sie doch, das ist Kleinmut, ist Feigheit!«

Endlich gibt Nadjenka nach, und ich sehe in ihrem Gesicht, sie gibt nach, den Tod vor Augen. Ich setze sie, bleich, zitternd, in den Schlitten, umfasse sie mit einem Arm und stürze mich mit ihr in den Höllenschlund.

Der Schlitten fliegt wie eine Kugel. Die durchschnittene Luft schlägt ins Gesicht, heult, pfeift in den Ohren, kneift schmerzend vor Wut, will einem den Kopf von den Schultern reißen. Vor dem Ansturm des Windes lässt sich nicht atmen. Es scheint, als halte uns der Teufel leibhaftig in den Tatzen und zerre uns unter Geheul in die Hölle. Die Gegenstände ringsum verschwimmen zu einem langen, dahinrasenden Band ... Noch einen Augenblick, und wir sind, so scheint es, verloren!

»Ich liebe Sie, Nadja!«, sage ich halblaut.

Dann fährt der Schlitten immer langsamer und langsamer, das Heulen des Windes und das Surren der Kufen sind nicht mehr so schrecklich, der Atem erstirbt nicht länger, und schließlich sind wir unten. Nadjenka ist mehr tot als lebendig. Sie ist bleich, atmet kaum ... Ich helfe ihr beim Aufstehen.

»Noch einmal fahre ich um keinen Preis«, sagt sie und schaut mich mit großen, vor Entsetzen geweiteten Augen an. »Um nichts in der Welt! Ich wäre fast gestorben.«

Etwas später kommt sie zu sich und blickt mir bereits fragend in die Augen: Habe ich diese vier Worte gesagt, oder hat sie sie nur gehört im Brausen des Windes? Und ich stehe neben ihr, rauche und mustere eingehend meine Handschuhe.

Sie hakt sich bei mir unter, und wir gehen lange am Fuß des Berges spazieren. Das Rätsel lässt ihr, wie ich sehe, keine Ruhe. Sind diese Worte gesagt worden oder nicht? Ja oder nein? Das ist eine Frage der Eitelkeit, der Ehre, des Lebens, des Glücks, eine sehr wichtige Frage, die wichtigste auf Erden. Nadjenka schaut mir ungeduldig, traurig, mit forschendem Blick ins Gesicht, gibt unpassende Antworten, wartet, ob ich nicht beginnen würde zu sprechen. Oh, was für ein Spiel in diesem netten Gesicht, was für ein Spiel! Ich sehe, sie kämpft mit sich, sie muss etwas sagen, muss etwas fragen, aber sie findet nicht die Worte, ihr ist es peinlich, sie hat Angst, die Freude hindert sie …

»Wissen Sie was?«, sagt sie, ohne mich anzusehen.

»Was?«, frage ich.

»Lassen Sie uns noch einmal … rodeln.«

Wir steigen die Treppe hinauf auf den Berg. Wieder setze ich die bleiche, zitternde Nadja in den Schlitten, wieder fliegen wir in den schrecklichen Abgrund, wieder heult der Wind und surren die

Kufen, und wieder, im schnellsten und lautesten Moment des Fluges, sage ich halblaut:

»Ich liebe Sie, Nadjenka!«

Als der Schlitten anhält, lässt Nadjenka den Blick über den Berg schweifen, den wir eben heruntergerodelt sind, dann schaut sie mir lange ins Gesicht, horcht auf meine Stimme, die gleichgültig und leidenschaftslos ist, und ihr ganzer Körper, sogar ihr Muff, ihre Kapuze, ihre ganze kleine Gestalt drücken äußerstes Befremden aus. Und ins Gesicht geschrieben steht ihr:

»Was ist nur? Wer hat jene Worte gesprochen? War er es, oder hat es sich nur so angehört?«

Diese Ungewissheit beunruhigt sie, raubt ihr die Geduld. Das arme Mädchen antwortet nicht mehr auf Fragen, wird mürrisch, fängt gleich an zu weinen.

»Wollen wir nicht nach Hause gehen?«, frage ich.

»Mir … mir gefällt dieses Rodeln«, sagt sie, errötend. »Wollen wir nicht noch einmal fahren?«

Ihr »gefällt« dieses Rodeln, dabei ist sie, als sie sich in den Schlitten setzt, wie die vorigen Male bleich, atmet kaum und zittert vor Angst.

Wir fahren zum dritten Mal hinunter, und ich sehe, wie sie mir ins Gesicht blickt, meine Lippen beobachtet. Doch ich halte das Taschentuch an die Lippen, räuspere mich, und als wir die Hälfte des Berges hinter uns haben, gelingt es mir zu sagen:

»Ich liebe Sie, Nadja!«

Das Rätsel bleibt ein Rätsel! Nadjenka schweigt, denkt über etwas nach … Ich begleite sie von der Rodelbahn nach Hause, sie bemüht sich, langsam zu gehen, verlangsamt den Schritt und wartet und wartet, ob ich ihr nicht jene Worte sage. Und ich sehe, wie sie leidet, wie sehr sie sich beherrscht, um nicht zu sagen:

»Der Wind kann sie nicht gesagt haben! Ich will auch nicht, dass der Wind sie gesagt hat!«

Am andern Tag bekomme ich morgens einen Zettel: *Wenn Sie heute rodeln gehen, holen Sie mich ab. N.* Und seit diesem Tage gehen Nadja und ich jeden Tag rodeln, und wenn wir auf dem Schlitten hinunterfliegen, sage ich jedes Mal halblaut dieselben Worte:

»Ich liebe Sie, Nadja!«

Bald gewöhnt sich Nadjenka an diesen Satz, wie an Alkohol oder Morphium. Sie kann ohne ihn nicht mehr leben. Zwar hat sie vor dem Fliegen nach wie vor Angst, doch inzwischen verleihen jene Worte von der Liebe der Angst und Gefahr einen besonderen Reiz, Worte, die nach wie vor ein Rätsel bleiben und das Herz schwer machen. In Verdacht stehen immer dieselben zwei: ich und der Wind … Wer von beiden ihr die Liebe erklärt, weiß sie nicht, aber es ist ihr offenbar auch schon egal; egal ist, aus welchem Glas man trinkt, Hauptsache, man wird betrunken.

Eines Tages ging ich um Mittag allein rodeln; in der Menge verloren sehe ich, wie Nadjenka zum Berg kommt, wie sie mit den Augen nach mir sucht ... Dann steigt sie schüchtern die Treppe hinauf ... Sie hat Angst, allein zu fahren, ach, welche Angst! Sie ist bleich wie der Schnee, zittert, sie geht wie zur eigenen Hinrichtung, aber geht, geht, ohne sich umzuschauen, entschlossen. Offenbar hat sie beschlossen, endlich die Probe zu machen: Werden diese wunderbaren süßen Worte auch zu hören sein, wenn ich nicht mitfahre? Ich sehe, wie sie, bleich, mit vor Schrecken geöffnetem Mund, sich in den Schlitten setzt, die Augen schließt, der Welt für immer Lebewohl sagt und sich abstößt ... »Ssss ...«, surren die Kufen. Ob Nadjenka die Worte hört, ich weiß es nicht ... Ich sehe nur, wie sie sich erschöpft und schwach vom Schlitten erhebt. Und ihrem Gesicht ist anzusehen, sie weiß selbst nicht, ob sie die Worte gehört hat oder nicht. Die Angst, während sie den Berg hinunterfuhr, hat sie der Fähigkeit beraubt, zu hören, Laute zu unterscheiden, zu verstehen ...

Da naht jedoch der Frühlingsmonat März ... Die Sonne beginnt zu liebkosen. Unser Eisberg dunkelt, verliert seinen Glanz, schließlich taut er auf. Wir können nicht mehr rodeln. Die arme Nadjenka wird nirgends mehr jene Worte hören, und es ist auch niemand mehr da, der sie sagen könnte, denn kein Wind ist zu spüren, und ich reise bald nach Petersburg – für lange Zeit, wahrscheinlich für immer.

Irgendwann vor der Abreise, ein, zwei Tage vorher, sitze ich bei Dämmerlicht im Garten, der von dem Hof, auf dem Nadjenka lebt, durch einen hohen Bretterzaun mit Nägeln getrennt ist … Noch ist es ziemlich kalt, unter dem Mist liegt noch der Schnee, die Bäume sind tot, doch es riecht schon nach Frühling, und beim Aufsuchen ihres Nachtlagers krächzen laut die Krähen. Ich trete an den Zaun und schaue lange durch einen Spalt. Ich sehe, wie Nadjenka auf die Freitreppe heraustritt und einen kummervollen, sehnsüchtigen Blick zum Himmel richtet … der Frühlingswind bläst ihr direkt ins bleiche, bedrückte Gesicht … Er erinnert sie an den Wind, der uns damals auf dem Berg entgegenheulte, als sie jene vier Worte hörte, und ihr Gesicht wird traurig, so traurig, über die Wange rollt eine Träne … Und das bleiche Mädchen streckt beide Arme aus, wie um den Wind zu bitten, ihr noch einmal jene Worte zuzutragen. Und ich warte einen Windstoß ab und sage halblaut:

»Ich liebe Sie, Nadja!«

Mein Gott, was geschieht da mit Nadjenka? Sie schreit auf, lächelt, strahlt über das ganze Gesicht und streckt dem Wind die Arme entgegen, voller Freude, glücklich und so schön.

Und ich gehe packen …

Das alles ist lange her. Heute ist Nadjenka verheiratet; ob man sie verheiratet hat oder ob sie selbst gewählt hat – es ist der Sekretär am Vormundschaftsgericht, und sie hat heute drei Kinder. Dass wir damals zusammen rodeln gingen und ihr der Wind die Worte zutrug: »Ich liebe Sie, Nadjenka«, ist nicht vergessen; für sie ist das heute die glücklichste, die anrührendste und schönste Erinnerung ihres Lebens …

Und ich kann heute, da ich älter bin, nicht mehr begreifen, warum ich jene Worte gesagt habe, wozu ich mir diesen Scherz erlaubt habe …

José Saramago

Die Welt ist so schön

Regen fällt, der Wind schüttelt die entlaubten Bäume, und die Erinnerung an vergangene Zeiten ruft ein Bild wach, das Bild eines großen, hageren alten Mannes, der auf dem aufgeweichten Pfad näher kommt. Er trägt einen alten, verdreckten Mantel, einen Hirtenstab über der Schulter, und die Wasser des Himmels rinnen an ihm herab. Vor ihm trotten gesenkten Kopfes Schweine, die den Boden mit ihrem Rüssel abgrasen. Der Mann, der sich in diesem Bindfadenregen wie ein Schatten nähert, ist mein Großvater. Er ist müde, der Alte, immerhin schleppt er siebzig mühevolle Lebensjahre mit sich herum, Jahre der Entbehrungen und des Unwissens. Und doch ist er ein weiser, ein schweigsamer Mann, der den Mund nur aufmacht, wenn es etwas zu sagen gibt. Er redet so wenig, dass wir unwillkürlich verstummen und aufhorchen, sobald seine Miene sich ahnungsvoll erhellt. Er hat eine merkwürdige Art, in die Ferne zu blicken, selbst wenn diese Ferne an der Wand vor ihm endet. Sein Gesicht wirkt wie gedrechselt, ist

starr, aber ausdrucksstark, und die kleinen, durch-
dringenden Augen blitzen hin und wieder auf, als
hätte er die eigenen Gedanken auf einmal verstanden. Er ist ein Mann wie viele andere in dieser
Gegend, in dieser Welt, vielleicht ein von der Last
des Unmöglichen erdrückter Einstein, ein Philo-
soph, ein bedeutender analphabetischer Schriftsteller. Irgendetwas, das er nie sein konnte, ist er bestimmt. Ich denke an die lauen Sommernächte, in
denen wir unter dem großen Feigenbaum schliefen,
ich höre ihn aus seinem Leben erzählen, von der
Milchstraße, die über unseren Köpfen schien, von
den Rindern, die er züchtete, von den Erlebnissen
und Geschichten aus seiner fernen Kindheit. Wir
schliefen spät ein, in warme Decken gehüllt, denn
am Morgen würde es kühl werden. Doch das Bild,
das mich heute, in dieser melancholischen Stunde,
nicht mehr loslässt, ist das des Alten, der durch den
Regen schreitet, unbeirrt, schweigsam, wie jemand,
der ein Schicksal erfüllt, das durch nichts aufgehalten werden kann. Durch nichts als den Tod. Dieser
alte Mann, den ich mit meiner Hand fast berühren
kann, weiß nicht, wie er sterben wird. Noch weiß
er nicht, dass er wenige Tage vor seinem Tod sein
Ende ahnen wird, weshalb er in seinem Garten von
Baum zu Baum geht, die Stämme umarmt und sich
von ihnen ebenso verabschiedet wie von den vertrauten Schatten und den Früchten, die er nie mehr

247

essen wird. Warum nur musste der Tod ihn holen, ehe die Erinnerung ihn auf dem überfluteten Weg oder unter dem Himmelszelt mit der ewigen Frage nach den Gestirnen wieder zum Leben erweckte? Was werden seine Worte sein?

*

Du saßest auf der Schwelle deiner Tür, Großvater, die offen stand zur weiten, sternenklaren Nacht, zum Himmel, über den du nichts wusstest und den du niemals bereist hast, zur Stille der Felder und der dunklen Bäume und sagtest mit der Gelassenheit deiner neunzig Jahre und dem Feuer einer nie verlorenen Jugend: »Die Welt ist so schön, und es ist so schade, dass ich sterben muss.« Genau so. Ich habe es gehört.

Nachweis

Isabel Allende
Die Liebenden im Guggenheimmuseum. Aus dem Spanischen von Liselotte Kolanoske. Aus: Isabel Allende, *Ein diskretes Wunder*. Copyright © 2010 by Suhrkamp Verlag, Berlin.

Ewald Arenz
Bücherliebe. Aus: Ewald Arenz, *Eine Urlaubsliebe*. Erzählungen. Copyright © 2020 by Ars Vivendi Verlag, Cadolzburg.

William Boyd
Frau mit Hund am Strand. Aus dem Englischen von Heinz Müller. Aus: William Boyd, *Der Mann, der gerne Frauen küsste*. Erzählungen. Copyright © 2020 by Kampa Verlag, Zürich. Von William Boyd sind im Kampa Verlag neun Bücher erschienen, zuletzt eine Neuausgabe seines Romans *Eines Menschen Herz*. Im Herbst 2023 erscheint im Kampa Verlag sein neuer Roman *Der Romantiker*.

Anna Gavalda
Ambre. Aus dem Französischen von Ina Kronenberger. Aus: Anna Gavalda, *Ich wünsche mir, daß irgendwo jemand auf mich wartet*. Copyright © 2002 by Carl Hanser Verlag, München.

Tessa Hadley
Eine Entführung. Aus dem Englischen von Thomas Bodmer. Aus dem Erzählband *Sonnenstich*, der im Herbst 2023 im Kampa Verlag erscheint. © 2023 by Kampa Verlag, Zürich. Von Tessa Hadley sind im Kampa Verlag bereits die Roman *Zwei und Zwei* (auch als Kampa Pocket), *Hin und zurück* (auch als Kampa Pocket) und *Freie Liebe* erschienen.

Haruki Murakami
Birthday Girl. Aus dem Japanischen von Ursula Gräfe. Aus: Haruki Murakami, *Blinde Weide, schlafende Frau.* Copyright © 2006 by DuMont Verlag, Köln.

Alexander Puschkin
Der Schneesturm. Aus dem Russischen von Alexander Eliasberg. Aus: Alexander Puschkin, *Der Schneesturm,* Wegweiser-Verlag, Berlin 1921.

Astrid Rosenfeld
Das einbeinige Küken. Aus: Céleste Blum (Hrsg.), *Nichts als Weihnachten im Kopf.* Copyright © 2019 by Kampa Verlag, Zürich. Von Astrid Rosenfeld sind im Kampa Verlag die Romane *Kinder des Zufalls* (auch als Kampa Pocket) und *Die einzige Straße* erschienen.

Joseph Roth
Die Legende vom heiligen Trinker, zum ersten Mal erschienen 1939 im Amsterdamer Verlag Allert de Lange. Als Gatsby Buch im Kampa Verlag ist eine schöne Einzelausgabe im Gewand der Erstausgabe erschienen, mit einem Nachwort von Volker Weidermann.

Weitere Kampa Bücher stellen wir Ihnen auf den folgenden Seiten vor. Das Gesamtprogramm finden Sie auf: **www.kampaverlag.ch**

Wenn Sie zweimal jährlich über unsere Neuerscheinungen informiert werden möchten, schreiben Sie uns bitte an newsletter@kampaverlag.ch oder Kampa Verlag, Hegibachstrasse 2, 8032 Zürich, Schweiz.

KAMPA POCKET

Eine Auszeit nehmen.
Für sich sein. Lesen.

D. H. Lawrence
Der Mann, der Inseln liebte
Deutsch von Manfred Allié

Hansjörg Schertenleib
Palast der Stille

H. D. Thoreau
Walden oder vom Leben in den Wäldern
Deutsch von Wilhelm Nobbe und Regina Roßbach

Die Welt anhalten
Geschichten und Gedichte,
um zur Ruhe zu kommen

Aldo Leopold
Wenn ich der Wind wäre
Deutsch von Elisabeth M. Walther

Wenn Ihnen dieses KAMPA POCKET
gefallen hat, gefällt Ihnen vielleicht auch der
Lesetipp auf der gegenüberliegenden Seite.

Schicken Sie uns bitte Ihren LIEBLINGSSATZ
aus einem Kampa Pocket, bei einer Veröffent-
lichung auf unseren Social-Media-Kanälen
bedanken wir uns mit einem Buchgeschenk:
lieblingssatz@kampaverlag.ch